runner

연희동 러너

runner

임지형
장편소설

상상스퀘어

차례

1. 연걸즈　　　　　　　　　　　　　　8
2. 악순환　　　　　　　　　　　　　30
3. 누군가의 좋은 소식은 날 슬프게 해　　48
4. 서글픈 나이　　　　　　　　　　　68
5. 차라리 도망가고 싶어　　　　　　88
6. 달리기의 맛　　　　　　　　　　102
7. 예상치 못한 만남　　　　　　　　120
8. 체계적으로 연습하기　　　　　　142
9. 백만 년만의 면접　　　　　　　　164

10. 다시 운동화 끈을 동여매며   182
11. 긴 터널 끝, 드디어 빛!   202
12. 또라이 질량보존의 법칙   220
13. 갈팡질팡   234
14. 다시 달리기   250
15. 홍제폭포   260
16. 마감은 달려야 제맛   278
17. 새로운 꿈을 꾸다   292
18. 페이스메이커   316

추천의 말   330
작가의 말   332

골목 사이로 스며든 햇살이 창가에 일렁였다. 블라인드를 치지 않은 방엔 따스한 빛이 고요히 퍼지고, 바람이 불 때마다 가로수 잎이 흔들리는 모습이 창 너머로 스쳤다. 소리는 없었지만, 그 떨림이 아침의 적막을 깨우는 것 같았다. 낯설다. 하지만 오히려 그 낯섦이 마음을 편안하게 해준다.

　천천히 침대에서 일어나 창가로 다가갔다. 창문을 활짝 열자, 홍제천에서 불어오는 바람이 차갑게 얼굴을 스친다. 그 순간, 아직 눈꺼풀에 남아 있던 잠 부스러기가 바람결에 날아갔다. 그 덕에 머릿속에 남았던 몽롱함과 이불의 온기에 붙들려 있던 게으름까지도 단숨에 흩어졌다.

　"아, 좋다."

자연스레 탄성이 터져 나왔다. 그만큼 지금 이곳이 좋았다. 생각해보면 이전에 살았던 연신내와 이곳 연희동의 분위기는 묘하게 비슷하면서도 다른 정서가 느껴졌다. 언뜻 보면 오래된 골목이 여전히 숨 쉬고, 익숙한 듯 낡은 간판과 카페와 작은 가게들이 빼곡한 건 닮았다. 아파트 숲보다는 단층 주택과 다세대 주택이 뒤엉켜 있는 풍경도 비슷하다. 무엇보다 시간에 쓸린 흔적이 고스란히 남아 있다는 점에서 두 동네는 마치 오랜 친구처럼 보였다.

하지만 조금만 눈을 들이면, 서로 다른 리듬이 흐른다. 연신내는 사람 냄새가 진하다. 3호선과 6호선, GTX가 교차하는 북적이는 역 앞, 퇴근길 포장마차에서 흘러나오는 웃음소리, 노점상의 호객 소리가 거리를 채운다. 한마디로 사는 일이 바짝 끓어넘쳐, 냄비처럼 들끓고 또 사라지는 땀이 묻어나는 곳이다.

반면 연희동은 한 박자 늦는 느낌이었다. 오래된 나무와 담벼락이 시간을 눌러 앉히고 있달까. 고즈넉한 골목을 걷다 보면, 어디선가 피아노 소리가 흘러나오고 작은 화단에 핀 꽃들 사이로 누군가의 손 글씨가 붙어 있다. 물기 마르지 않은 감성, 조용하지만 오래 남는 정취가 골목마다 퍼져 있는 곳. 연희동은 마치 한 장의 수채화 같았다.

내 정서엔 두 동네 다 잘 맞았다. 하지만 사는 집은 달랐다. 연신내에서 살던 빌라는 햇빛과 바람이 잘 닿지 않는 공간이었다. 늘 습기가 자욱하고, 곰팡이 섞인 냄새가 벽에 배어 있었다. 공기는 무거웠고 건물과 건물 사이에 드리운 그늘이 아침과 밤의 경계를 희미하게 했다. 하지만 여기는 다르다. 연희동 집엔 햇살이 부서지고, 바람이 지나갔다. 언제부턴가 잊고 지냈던 하루의 감각이, 계절의 감각이 다시 살아났다. 벌써부터 돌아올 계절이 기다려지는 이유다.

    잠시 생각에 잠겨 있던 내 눈앞에 익숙한 글자와 건물이 보였다. 홍제천 건너편 '마음 담은 사랑 정신과 의원'이었다. 심장이 조용히 내려앉았다. 하필 저 자리에 있는 게 못마땅했다. 마치 뒷맛 씁쓸한 전 남친을 길거리에서 마주쳤을 때처럼 못 본 척하고 싶었다. 고개를 돌리는 대신 창문을 닫아버렸다. 정신과에서 치료받은 경험을 떠올리고 싶지 않았다.

    시간을 확인했다. 여유 있을 거라 생각했는데 아니었다. 서두르지 않으면 정신없이 손님을 맞이할 것 같아 거실로 나갔다. 먼저 욕실로 가 문을 열었다. 샤워기와 변기만 있는 작은 공간이지만, 곰팡이 하나 없이 깨끗했다. 이전 집에서는 습기로 가득한 욕실 벽을 닦아내며 한숨을 쉬었지만, 이곳에서는 그런 고민은 없다. 이 집에서의 첫 기억이 아직 깨끗한 것처럼.

    샤워를 마치고 거실을 한 번 둘러봤다. 깨끗했다. 아니, 너무 깨끗했다. 이사 온 지 한 달이 넘었지만 여전했다. 언제부턴가 생긴 청소 강박이 나를 가만히 두지 않기도 했다. 그래도 명색이 손님이 오는데, 청소기는 한번 돌려야 할 것 같았다.

오늘의 손님은 연걸즈다. 고등학교 때부터 함께한 친구들 모임이다. 나 도연희, 강서연, 유연지. 좀 유치하지만 이름에 '연(縯)' 자가 들어간다는 이유로 모임 이름을 지었다. 원래 연지와 서연은 중학교 때부터 친했고, 나만 고등학교에서 만났다. 그러니까 1학년 때 같은 반이 되면서 서서히 친해진 거다. 국어 수행평가 때문이었다.

토론 발표 준비로 주장문을 역할극 형태로 발표하는 시간에 논거가 헷갈린 내가 말문이 막혀 있자, 서연이가 재치 있게 이어받아 마무리된 뒤부터였다.

그 무렵 나는 매일 엄마한테 자퇴하고 싶단 말을 심심할 때 릴스 넘기듯 해댔다. 중학교와 확연히 다른 학교 분위기에 새롭게 만난 아이들과 거리를 좁히기가 힘들었다. 하지만 엄마는 호락호락하지 않았다. 대학은 안 가도 좋으니 고등학교만은 졸업하면 좋겠다고 나를 설득했다. 학교는 공부만 하러 다니는 곳이 아니라고 했다. 고등학교 때 사귄 친구가 얼마나 중요한지 아느냐고, 나중에 어른이 됐을 때 학창 시절 친구만큼 귀한 인연은 없다면서.

그런데 공교롭게 서연이의 도움을 받으면서 친구가 됐고 엄마 말이 맞게 돼버렸다. 이후, 연지와 친해지는 데는 시간이 그리 걸리지 않았다. 연지는 남 얘기에 관심 없어 보여 약간 자기중

심적으로 보였지만, 필요할 땐 군말 없이 툭툭 도와주는 성격이라 왠지 믿음이 갔다. 그 덕에 어느 날부턴가 내게서는 자연스레 자퇴란 말이 쑥 들어갔다.

1학년 이후, 우린 한 번도 같은 반이 되진 않았다. 그래도 쉬는 시간과 점심시간에는 자주 만났다. 특히 셋 중 누구에게라도 고민거리나 문제가 있음, 만나서 몇 시간이고 이야기하고 들어줬다. 그 덕에 우리는 서로에 대해 모르는 게 없을 정도로 절친이 됐다. 고3이 되었을 때, 똑같이 재수를 결심했다. 이유는 달랐다. 나는 어정쩡한 성적으로 원하는 대학에 가지 못해서고, 서연은 공부보다 춤이 좋았지만 부모님께서 반대해서, 연지는 지방대에 가느니 한 번 더 도전해보겠다고 했다. 정작 셋 모두가 다 재수하지는 않았다. 나와 서연은 그냥 점수에 맞춰 대학에 입학했고, 연지만 재수를 택했다. 그리고 연지는 재수 끝에 '인 서울'을 했고, 나와 서연은 지방대에 입학했다.

그 이후, 나는 세 번 정도 휴학과 복학을 반복하다가 늦게서야 대학을 졸업했다. 서연은 정해진 코스대로 대학을 졸업했고, 부모의 권유로 공무원 시험을 바로 준비했지만 계속 물을 먹었다. 나와 연지는 거의 비슷한 시기에 취업했다. 서연은 나와 비슷한 시기에 서울에 왔다. 연지만 재수 때부터 서울에서 지내면서 우리보다는 몇 년 먼저 서울에 와 있게 됐다.

우리 모두 이제 서울에 있다. 최근 나는 서울 서대문구 연희동으로 이사했다. 내가 연신내에서 살다가 연희동으로 이사하게 됐다고 말하자, 제일 먼저 연지가 반응했다.

"오오, 도연희, 너 사는 곳도 운명적으로 정하는 거야? 연희라 연희동에서 살고 싶었던 거구나?"

그 말을 굳이 부정하지 않았다. 이사를 결심하고 집을 알아보던 어느 날, 우연히 '연희동'이 눈에 들어왔다. 나와 이름이 같아 자꾸 눈길이 간 건지, 아니면 운명적인 끌림이 있었는지는 잘 모르겠다. 한번 마음이 기울자 연희동 아니면 안 될 것 같은 마음이 들었다. 그 후, 집을 알아보기 위해 몇 번 연희동을 다녔고 고즈넉한 분위기는 내게 마음의 쉼터가 되어줄 것 같았다. 결국, 몇 군데 부동산을 더 돌며 알아본 끝에 지금의 집을 만났다.

"봐서 알겠지만, 경량 철골구조라 단열 잘되고 다른 옥탑방과는 달라요. 다른 곳이라면 이 가격에 못 들어와요. 근데 거기가 재개발구역이 돼서 주인도 싸게 내놓은 거예요. 어차피 나중에 이사 나가야 하니까."

공인중개사의 말처럼 겉보기엔 특별한 것 없는 듯한 집은 생각보다 단정하고 안정되어 보였다. 옥탑이라고 해도 대충 올린

구조물이 아니라, 실제 거주를 염두에 두고 지은 듯했다. 주변은 벽돌집 모양의 빌라들이 빼곡해, 빌라촌이라 해도 될 만큼 비슷한 집들이 늘어서 있었다. 그런 틈바구니에 자리한 이 집에선 창문을 열면 홍제천이 시원하게 보였다. 그 탁 트인 풍경이 어찌나 마음이 들던지. 그리고 무엇보다 안심되었던 건 출입문이었다. 아파트처럼 1층 공동 현관 입구에 도어락이 설치돼 있어 보안 수준이 높았다.

드르륵, 드르륵. 핸드폰 진동이 짧게 울렸다. 연걸즈 단톡방이었다.

연지 야, 도연희! 뭐 하는데 전화도 안 받고 톡도 안 봐?
서연 앤 왜 이렇게 핸드폰하고 거리두기를 자주 하냐? 코로나도 다 끝난 마당에. 앤 보듯 가까이 하면 어디가 덧나나?

나는 톡 대신 전화를 걸었다.

"언제 연락했어?"
"우리 연락한 지 한참 됐거든?"

연지가 퉁명스럽게 말했다.

"미안, 미안. 청소하느라 못 봤어. 어디야?"

"홍대입구역이야. 몇 번 버스 타야 돼?"

"7612번 연두색 버스 타고 홍남교 정류장에서 내려. 내리면 GS 편의점이 있어. 그 방향으로 내려오다 보면 서대문구 행복그린센터가 보일 거야. 그 길로 더 쭉 내려와."

"오키. 그거 톡에 남겨. 그리고 주소도."

연지는 말을 마치자마자 바로 전화를 끊었다. 그리고 30분쯤 지나 도착했다.

"집 찾기 쉬운데? 근데 이 집 꽤 괜찮다? 공동 현관 도어락도 있고. 몇 평이야? 한 10평 되나?"

서연은 집 안으로 들어오면서부터 입이 쉬지 않았다. 구석구석 살피면서 마치 갓 결혼한 신혼집에 찾아온 시어머니처럼 간섭해댔다. 연지도 마찬가지였다. 서연이 한마디 하면 두 마디 하면서 온갖 너스레를 떨었다. 나는 두 사람 사이에서 그저 피식피식 웃으며 궁금한 것에 대답해줬다. 그러다 방으로 들어가 창문을 열었다.

"와, 진짜 뻥 뚫렸네. 기분 좋다. 이런 옥탑방이라면 나도 살고 싶은데."

"내가 저거에 반해서 바로 계약해버렸잖아."

"그럴 만도 하겠다. 봐 봐, 저기 운동하는 사람도 많이 보여. 이제 도연희 건강해지고 예뻐질 일만 남은 거 아니야?"

나, 서연 그리고 연지는 나란히 창가에 서서 모처럼 수다를 떨었다. 집 안에서 말소리가 나는 건 이사 온 뒤 처음이라, 어색하면서도 어쩐지 기분 좋은 활기가 느껴졌다.

"근데 여기 재개발돼? 너희 집 옆엔 재개발구역이라고 쓰여 있던데?"

"응. 그래서 비교적 싸게 들어온 편이기도 하고."

연지 말에 난 아쉬워하는 표정을 지었다. 한 달 정도 지내고 보니 생각보다 이곳이 더 좋았다. 평생 눌러살아도 될 만큼 이 동네가 마음에 들었고 벌써 정이 들어 버렸다. 지나치게 세련되지도, 그렇다고 촌스럽지도 않았다. 골목마다 오래된 벽돌색이 은은하게 남아 있고, 홍제천 물소리가 바람을 타고 들릴 때마다 마음이 편안해졌다. 아침에는 아이들이 학교에 가는 모습이 보였고, 낮에는 산책 나온 노인들이 골목이나 천변을 느릿하게 지나고, 저녁 무렵이면 인근 대학에서 돌아오는 학생들이 하나둘 조용히 나타났다. 밤에 좀 늦게 집에 가며 버스정류장이나 길가를 지날 때 주변을 둘러보면 경계할 만한 사람이 거의 보이지 않았다. 낯설지 않게 그리고 안온하게 하루가 흘러가는 곳. 그래서 떠나고 싶지 않은 곳이 바로 연희동이었다.

"어찌 됐든 부럽다. 나도 요즘 계속 집 알아보는데, 전셋값이 진짜 미쳤어."

연지가 한숨을 크게 내쉬었다. 금세 얼굴엔 근심의 흔적으로 가득했다. 아무래도 연지 입장에선 이래저래 한숨이 나올 것이었다. 회사 가까이에서 다닌답시고 원룸을 옮겼지만, 수입의 3분의 1 정도를 월세로 내고 있으니 여간 힘든 게 아닐 터였다.

"나도 이제 좀 정착하고 싶은데 힘드네. 여기 회사도 언제까지 다닐 수 있을지 모르겠고."
"그러게. 안정된 직장이나 평생직장이란 개념이 사라진 시대잖아. 게다가 어째 날이 갈수록 마음에 드는 일자리는 없고, 무엇보다 뭘 해야 좋을지도 모르겠어."
"연애는 할 수 있나? 돈이 없는데."
"맞아. 그래서 결혼은 언감생심 꿈도 못 꾼다니까."
"우리 세대가 정말 정착하기가 힘든 세대인가 봐. 변화의 속도가 넘 빨라."

연지 목소리가 톤 다운되자, 서연의 목소리도 비슷해졌다. 20대 땐 가볍게 넘길 수 있는 주제지만, 30대 땐 아니었다. 모두 자유롭지 못하기에 마음이 무거운 거다. 난 분위기를 바꾸고 싶어 둘에게 냉장고에 준비해둔 캔 맥주를 꺼내 하나씩 손에 쥐여 주었다. 무거운 분위기를 흘려보내는 데 맥주만큼 좋은 것은 없었다. 서연과 연지는 캔 맥주를 받아 들어 바닥에 앉았다. 둘 사이에 작은 탁자를 폈다.

"난 혼자 살란다. 주변에 결혼한 사람들 이야기 들어보면 다 후회하더라. 돈 없지, 남편은 남의 편이지, 애는 저절로 못 크지, 차라리 그냥 혼자 사는 게 편한 것 같아."

맥주 몇 모금을 마신 서연이 또 다른 한탄 조로 말을 이었다. 그러자 연지는 요즘 젊은 층의 추세는 동거라고 덧붙이면서 어쩌면 자신도 그렇게 할지 모른다고 했다. 지금 사귀는 남친과 몇 번 이야기를 나눴다며 진지하게 말했다.

"나는…… 그냥 직장만 안정돼도 살 것 같아. 결혼이고 뭐고, 일자리도 불안정한데 미래를 어떻게 생각하겠어?"

일을 쉬고 있기에 취업 시장에서 밀려날 것 같은 불안감, 이제 뭘 해야 할지 모르겠는 초조함에 하루하루 피가 말라가고 있던 내가 말했다.

"나도 그렇다. 공무원 시험도 더는 못 보겠고, 앞으로 어떻게 살아야 할지 막막해."

서연이 툭 던진 말에 잠시 정적이 흘렀다. 서연은 벌써 3년째 행정 공무원 시험을 준비하고 있었고, 마지막 시험에선 2점 차로 아깝게 떨어졌다.

"근데 우리 왜 이렇게 다 불안한 거냐? 고등학교 때만 해도 30대면 뭔가 되어 있을 줄 알았는데."

연지가 낮게 웃었다.

"그러게. 그때는 그냥 대학 가면 뭐든 다 해결될 줄 알았지."
"있지, 우리 시험 끝나면 떡볶이 먹으면서 맨날 대학만 가면 인생 편해질 거라고 했잖아."
"맞아. 근데 현실은 뭐, 여전히 떡볶이도 똑같이 먹고 미래도 똑같이 고민하는 30대네."

셋 다 씁쓸하게 웃었다.

한낮에 시작한 집들이는 저녁까지 이어졌다. 거실 탁자 위에는 족발, 치킨, 떡볶이가 어지럽게 놓였고, 맥주 캔들이 하나둘 쌓였다. 더불어 우리가 내뱉었던 취업이나 집, 결혼과 같은 근심거리도 돌탑처럼 쌓여만 갔다.

"참, 너희 요즘 살 안 쪄? 난 아주 미치겠어."

연지가 별안간 배를 슬쩍 잡았다. 손에 잡히는 뱃살이라고는 거의 없는데도, 심각한 표정이었다.

"말해 뭐해? 근데 너 언제부터 살 걱정이었어? 고등학교 때 떡볶이를 몇 인분씩 먹어도 살 하나 안 붙던 애가."

정말 연지는 그랬다. 고등학교 때 '떡볶이 귀신'이라고 할 만큼 떡볶이를 입에 달고 살았다. 학교 앞 '숙이네 분식'에서 떡볶이를 두 접시씩 먹고도, 밤 11시에도 매운 떡볶이가 당기면 곧장 편의점으로 뛰쳐나가던 애. 그렇게 먹고도 날씬했던 애가 이제 살이 찐다고 한숨을 쉬니, 새삼 우리가 나이를 먹긴 먹었단 생각이 들었다.

"하긴, 나도 30 되고 나서 확 쪘어. 몸무게 앞자리 바뀐 지 오래야. 처음엔 진짜 충격이었는데 이제 조금 덤덤해졌어."

"나도 그래. 이젠 한 끼 굶는다고 살이 빠지지도 않아. 진짜 나잇살은 무서운가 봐."

우리는 잠시 말없이 서로의 배를 내려다보았다. 20대에는 하루 굶으면 눈에 띄게 홀쭉해졌는데, 30대가 되자 얄미울 만큼 살은 안 빠지고 근육만 빠져나갔다.

"연희 넌 앞으로 여기 집 앞에 홍제천 뛰면 좋을 것 같은데?"

"그렇지 않아도 조깅하는 사람 많이 봤어. 그래서 나도 조만간 아침마다 뛰어 볼 생각이야. 니들도 원하면 와. 같이 뛰자."

"죄송합니다. 저흰 정중히 사양할게요. 동네 주민인 도연희 씨만 열심히 뛰시는 거로."

연지가 정중한 표정으로 손사래를 치자 옆에 있던 서연은 깔깔 웃었다. 이 맛에 수다 떠는 거다. 그때 서연의 핸드폰에서 카톡 알림이 울렸다. 깔깔 웃던 서연이 핸드폰 화면을 슬쩍 들여다봤다. 일순간 서연의 얼굴이 묘한 표정으로 바뀌었다.

"얘들아, 나 갑자기 기분 나빠졌어."
"왜? 뭔데?"

나와 연지가 동시에 물었다.

"김선화 기억나? 걔 결혼한대. 지금 모청(모바일 청첩장) 보냈어."
"선화?"
"그 영화배우 하겠다던?"

우린 서로를 보며 고개를 끄덕였다. 선화는 고등학교 때 연예인이 되겠다고 전교생 앞에서 떠들어대던 유명한 애였다. 항상 화려하고 자신만만한 스타일이라서 우리는 그녀가 일찍 결혼할 거라고는 상상도 못 했다.

"넌 걔랑 계속 연락하고 지냈어?"
"아니, 얼마 전에 본가에 갔을 때 봤어. 걔네 집이 울 집 옆 동이거든."

서연은 짜증이 났는지 맥주를 벌컥벌컥 들이켰다.

"우리도 이제 청첩장 받는 나이구나."

연지가 쓴웃음을 지은 채 말했다.

"요즘은 누가 결혼했다더라, 승진했다더라, 주식 대박 났다더라, 그런 얘기 들을 때마다 나만 멈춰 있는 것 같아 불안해. 다들 뭔가 하나씩은 붙잡고 가는 것 같은데, 난 여전히 어디로 가야 할지 감도 안 오고."

서연의 표정에 장난기 대신 진지함이 깃들었다. 덩달아 연지도 한숨을 쉬었다. 서연의 말은 곧 내 마음이기도 했다. 불투명한 현재와 한밤중처럼 컴컴하기만 한 미래를 생각하자니 가슴이 답답했다. 침울한 분위기가 우리를 편의점 원 플러스 원, 아니 투 플러스 원 상품처럼 묶었다. 간만에 만나 기분 좋았는데, 이대로 망칠 수는 없었다.

"그래도 우리 이렇게 함께 늙어가고 있잖아?"

내가 부러 밝게 말하며 친구들의 표정을 살폈다. 서연이 피식 웃으며 맥주 캔을 들어올렸다.

"그래, 우리가 또 언제 답을 알고 살았냐?"
"답 없이 살아도, 당당할 연걸즈 건배!"

우리는 다시 한번 캔을 부딪쳤다. 그러는 순간만큼은 미래에 대한 불안도, 직장에 대한 고민도, 결혼에 대한 걱정도 잠시나마 잊을 수 있었다.

"참, 너희 집 오다 보니까 저쪽 골목에 사주 보는 데 있던데. 거기 잘 본대?"

불현듯 생각난 듯 연지가 말을 꺼냈다. 그러기엔 눈빛이 상당히 빛났다. 피식 웃음이 났다. 내가 알기로 연지는 모태 신앙으로 교회에 다니고 있었다.

"왜 사주 보게? 넌 교회 다니는 거 아니야?"
"그냥! 그냥 물어본 거라고."
"그냥 물어보긴 뭘 그냥 물어봐. 너 사주 보고 싶은 거지?"

그때 서연이 장난스럽게 눈을 찡긋거리며 한마디 보탰다. 맥주 탓인지 민망한 탓인지 연지의 볼은 아까보다 더 붉어졌다. 손사래까지 치며 그런 뜻이 아니라고 말했지만, 난 연지의 마음을 알 것도 같았다. 아무리 신을 믿고 있어도 당장 답답하고 힘들면 뭐라도 붙잡고 싶은 게 사람의 마음이니까. 솔직히 누군가의 말 한마디가 미래를 만들어주는 건 아니겠지만, 조금이라도 긍정적인 말을 들으면 잠시 불안의 늪에서 빠져나올 수는 있을 터였다. 사실 나도 오가는 길에 사주 간판을 볼 때마다 묻고 싶을 때가 많았다. 어떤 직장에 다니게 될지, 언제쯤 안정될 수 있을지 등등 뭐라도 속 시원히 물어보고 싶었다. 그런데 늘 못 본 척 지나쳐 온 건 그것 때문이었다. 혹여라도 내가 생각한 것보다 더 안 좋은 답을 듣는 것. 그게 무서웠다.

"이것저것 궁금해서. 불안한 것도 사실이고."
"야야, 그러지 말고 우리 타로나 보자. 내가 진짜 핵소름 완전 장난 아니게 잘 보는 타로 알아."
"타로? 그게 뭘 안다고."
"아니야, 네가 몰라서 그렇지 아주 기가 막히게 맞춘다니까. 분명 제너럴인데 해설을 들으면 딱 내 문제의 답이야. 사주는 나중에 가고 지금은 타로나 보자고."

서연이 핸드폰을 꺼내 들었다. 그 곁으로 연지가 먼저 붙었고, 나도 뒤따랐다. 그렇게 우리 셋은 화면을 들여다보았다. 핸드폰 하나에 매달린 모습이 마치 고등학교 때로 돌아간 것처럼 느껴졌다. 고등학교 땐 빨리 졸업하고 대학만 가면 모든 게 해결될 거라는 희망을 품었는데. 30대가 넘어서도 이러고 있다니. 하지만 당장 무언가를 해결해주지 않는다 해도, 잠시라도 불안감을 잠재우는 것도 좋았다. 적어도, 이 순간 숨기고 말고 없이 허심탄회하게 속내를 말할 수 있다는 것만으로도 우린 괜찮았다.

"와, 대박. 진짜 맞다."

반신반의하던 연지가 제가 뽑은 타로 해설을 들으며 눈을 동그랗게 떴다. 서연은 그것 보라며 의기양양해했다. 둘의 얼굴을 보는 내 얼굴에도 이미 웃음이 번지고 있었다. 창밖은 어느새 어둠이 짙게 내려앉고 있었고, 어디선가 성당의 종소리가 희미하게 들려왔다.

"교수님! 뭘 해도 안 되는 사람들은 어떻게 해야 해요?"
"아, 운을 바꾸는 방법을 말하는 거군요? 잘 들으세요. 운이 좋아지려면 이 세 가지를 바꾸면 됩니다."
"그게 뭔가요?"
"바로 시간, 공간, 인간이에요. 우리가 어떤 일을 해도 안 될 땐 공간과 시간을 체크해봐야 해요. 현관에 신발은 정리가 잘 되어 있는지, 침대 위 이불은 잘 개어져 있는지 등 주변을 깨끗하게 하고 재배치함으로써 운을 바꾸는 거죠. 사실 공간을 재배치할 때 우린 창의적인 생각을 하는 건데……"

우연히 보게 된 쇼츠 영상을 몇 번째 보는지 모르겠다. 마음가짐을 새롭게 할 때, 어떻게든 힘을 내고 싶을 때 주로 봤다.

수십 번은 본 것 같다. 그런데 무엇이 잘못된 걸까? 도대체 무엇이 잘못되어 내 인생은 달라지지 않는 걸까?

연희동으로 이사를 감행한 것도 저 영상을 보고 결정한 거였다. 공간을 바꿔 운을 좋게 하고 싶었다. 환경이 바뀌면 삶이 바뀐다고 했으니까. 하지만 이사한 지 한 달 반이 지났다. 햇살이 잘 들고, 창밖으로 홍제천이 내려다보여도 새로운 시작은 더뎠다. 이사 오기 전과 별반 다를 것 없는 일상이 이어졌다. 그토록 애써 벗어나려 했건만, 아직도 그 자리에 머물러 있다니. 묘한 허탈감이 밀려왔다.

친구들과 집들이하고 난 지 벌써 2주일이 지났다. 별다른 일 없이 취업 준비만 하는데도 시간은 잘도 흘렀다. 나의 하루는 취업 커뮤니티를 확인하는 일부터 시작됐다. 매일 업로드 되는 채용 공고를 보고, 이력서를 수십 번 썼다. 한 줄 한 줄 내 경력을 정리하고, 자기소개서를 다듬었다.

자기소개서를 볼 때면 나도 모르게 미소가 나왔다. 뭐라도 해내고 있다는 사실 하나로도, 스스로 달랠 수 있었고, 잘하고 있다고 응원할 수 있었다. 그렇게 쓴 이력서를 정규직에 넣었다가, 무기 계약직에 넣었다가, 기간제에 넣었다. 하지만 하루가 지나고, 이틀이 지나고, 일주일이 지나도 연락이 오는 곳은 없었다. 그러다가 겨우 온 메일을 보면 죄다 이런 내용이었다.

아쉽게도 이번 채용 과정에 함께하지 못하게 되었습니다.
지원해주셔서 감사합니다. 하지만 부득이 모시지 못하였습니다.

메일에 쓰인 문장은 겉보기엔 정중했고, 표현 하나하나 예의가 담겨 있었다. 하지만 그 문장들 사이에 스며 있는 뜻은 명확했다. '우리는 너를 원하지 않아.' 아무리 말끝마다 배려가 묻어 있다고 하더라도, 결국은 선택하지 않겠다는 완곡한 거절일 뿐이었다. 그 말은 마음 한구석을 깊이 찌르기에 충분했다.

처음에는 그럴 수 있다고 생각했다. 세상엔 나 말고도 취준생이 많으니까. 내가 매일 들여다보는 취준생 커뮤니티에만도 수천 명이 넘는 취준생이 있었다. 그러니 경쟁률이 높고 불합격이 반복되는 건 당연했고, 내 자리가 돌아오는 일이 쉽지 않다는 것도 이해했다. 하지만 불합격이 반복될수록 마음이 달라졌다. 점점 '내가 문제인가'라는 생각이 고개를 들었고, 그때부턴 나를 자책하는 시간이 점점 늘어났다. 지잡대 출신에 경력은 형편없고, 내세울 만한 건 하나도 없다는 생각이 들 때면 마치 나라는 사람이 이 사회에 쓸모없는 것처럼 느껴졌다.

그랬다. 이런 생각들은 시시때때로 나를 괴롭혔다. 처음엔 그냥 스쳐 지나가는 감정이었다가, 어느 순간에는 스스로를 향해 날을 세우기 시작했고, 결국엔 그 자책이 마음 한가운데를 차지했다. 이런 생각들은 한 번 들어서기 시작하면 좀처럼 빠져나갈 수 없다는 게 문제였다. 결국 나중엔 나를 향한 원망이 집착처럼 자라나, 끝내 스스로 짓밟게 했다.

밤이면 뒤척이다 잠 못 이루는 시간이 길어졌다. 어차피 다음 날 출근하는 것도 아니니, 아침에 일어날 부담도 없었다. 그 김에 잠이 올 때까지 책을 보려 했지만, 불안한 마음은 책을 좋아하지 않았다. 글자는 그냥 글자였다. 읽기는 읽는데 뭘 읽는지 모르는 시간이 흘러갔다.

책이 안 읽히니 넷플릭스를 켰다. 내가 좋아하는 드라마를 시작으로 새로 업로드되는 드라마란 드라마는 다 봤다. 그러다가 볼 게 없으면 유튜브를 켜 쇼츠를 본다. 쇼츠는 한번 발을 들이밀면 깊숙이 빠져드는 수렁처럼 나를 붙잡아 뒀다. 그렇게 나의 밤은 사라지고 아침이 온다. 그렇게 수면은 아침부터 시작되었다.

매일 악순환이 거듭됐다. 빠져나가고 싶은데 도무지 빠져나갈 구멍이 보이지 않았다. 곰곰이 왜 못 빠져나오는지 생각해 봤다. 그 시간만큼은 현실에서 도망칠 수 있기 때문이다. 난 왜 이렇게 무기력할까? 내가 나쁜 사람인가? 나는 왜 안 되는 거야? 현실을 도피하고 나면 또 이런 생각들이 야금야금 나를 갉아먹었다. 나는 매일 자기 비하와 자기 연민 사이에서 롤러코스터를 탔다. 그러다 보니, 움직이는 것이 싫어졌다. 움직이지 않으니 더 피곤해졌고, 더 피곤하니 다시 잠만 자게 되었다. 하루하루가 내 인생에서 사라졌다.

처음 이사 와 얼마간 깨끗했던 집은 더 이상 없었다. 방바닥과 거실 바닥에는 닦지 않아 말라붙은 음식물 자국이 여기저기 보였고, 화장실에선 퀴퀴한 냄새가 났다. 버리러 가기에 귀찮아 내버려둔 쓰레기가 현관 입구에 차곡차곡 쌓여갔다. 냄새는 몸에서도 났다. 며칠째 씻지 않은 피부에는 땀과 먼지가 뒤엉켜 찝찝하게 들러붙었고, 머리카락은 기름이 잔뜩 껴 축축하게 엉겨 있었다. 셔츠는 땀과 피지에 절어 목덜미와 겨드랑이 부분이 얼룩져 있었다. 젊은 여자에겐 어울리지 않을 법한 냄새가 종일 풍겼다. 그런데도 씻지 않았다. 닦아내고 싶단 생각은 그냥 생각으로만 머물렀다. 이미 몸도 마음도 무겁게 눌려 있어 나는 좀처럼 벗어나질 못했다. 새롭게 살기 위해서 옮겼던 공간은 거짓말처럼 어떤 의미도 없었다.

악순환의 늪은 깊어져 갔다. 간간이 빠져나오고 싶어서 몸부림치는 시늉을 했다. 청소도 하고 잠깐씩 동네를 돌아보기도 했다. 기분 전환을 위해서 동네 맛집이나 카페를 찾아가보기도 했다. 하지만 그 몸부림은 늘 짧게 끝나곤 했다. 집에 들어오는 길엔 여느 사람들 삶과 다른 내 삶에 서글픔만 느꼈다. 벗어나는 방법은 취업뿐이란 생각밖에 들지 않았다. 월급을 받는다는 건 단순히 생계를 유지하는 수단일 뿐만 아니라, 스스로 쓸모 있는 인간이라고 느끼게 만드는 증명과도 같다. 출근할 곳이 있다는 사실, 사회 속에서 누군가에게 필요하다는 감각, 그리고 매달 내 이름으로 들어오는 돈은 내가 어른이자 한 사람의 몫을 해내고 있다는 조용한 선언 같았다. 취업은 나에게 일만이 아니라 존재를 증명하는 기회와도 같았다. 하지만 쉽지 않았다. 만약 취업하는 게 쉬웠다면 삶의 악순환이 반복되는 일은 일어나지 않았을 것이다. 그건 서연에게도 마찬가지였다.

"나야, 뭐 해?"

간만에 정신 차리고 이력서를 수정하고 있을 때 서연에게서 전화가 왔다.

"뭐 하긴 뭐 해. 이력서 고치지."
"휴우!"

서연이 땅이 꺼지라 한숨을 쉬었다. 노트북을 들여다보고 있던 난 자세를 고쳐 앉았다. 무슨 일이 있는 게 분명했다. 내 일은 조금 후에 하기로 하고 서연에게 무슨 일이 있냐고 물었다. 그러자 서연은 잠시 말없이 있다가 또다시 깊은 한숨을 쉬며 힘없이 물었다.

"무슨 일이랄 게 있나. 그냥…… 연희야. 너도 직장 알아보고 있지?"

"그렇지."

"혹시 연락 온 데 있어?"

이번엔 내가 멈칫했다. 친구인데도 뭐라고 말해야 하나 고민이 됐다. 서연도 얼마 전부터 공무원 시험을 포기하고 취업전선에 나선 터였다. 그래서 나나 서연은 같은 입장이었지만, 마음까지 같을지는 모를 일이었다. 괜한 말로 혹시라도 상처를 입힐 수 있단 생각에 잠시 뜸을 들였다.

"아니…… 없어."

"그치? 하아! 난 나만 그런 줄 알고 힘들어 죽는 줄 알았어. 어떻게 이력서 내는 족족 한 군데도 연락이 없냐? 우리 지방대생이라고 안 뽑는 건가?"

그런 의문은 날이면 날마다 나도 품고 있는 거였다. 하지만 선뜻 맞장구를 치며 대답할 수 없었다. 왠지 그렇다고 말하고 나면 그게 정말 사실이 되고, 그 사실이 족쇄가 되어, 지방대생이라 취업이 안 되는 취업 준비생에서 벗어날 수 없을 것 같았다.

"아닐 거야. 분명 뭔가 안 맞아서 그러겠지. 조금만 더 기다려봐. 될 거야."

이미 취업에 성공한 사람처럼 의연하게 말하고 나니 겸연쩍었다. 이 말은 어쩌면 서연이 아니라 내게 필요한 말일지도 몰랐다.

"그래, 그러자. 그래도 네가 있어서 다행이야. 나만 취업 준비하고 있었다면 나 정말 견딜 수 없었을 거야. 너도 힘내."

서연은 그렇게 말하고 전화를 끊었다. 한동안 머릿속이 멍했다. 자기 위주로 생각하는 서연의 말투가 묘하게 거슬렸다. 노트북을 덮었다. 고치고 있던 이력서를 더 이상 만지고 싶지 않았다. 그보다 서연에겐 지방대생들을 차별하지 않을 거라 말한 게 마음에 걸렸다. 솔직히 확신이 들지 않았다. 덮었던 노트북을 다시 열었다.

나는 '공준모' 커뮤니티를 클릭했다. 메인 화면에서 바로 게시판으로 들어갔다. 그리고 오늘 서연과 주고받은 이야기를 썼다. 얼마 뒤 게시글에 댓글이 달리기 시작했다.

┗ **익명1** 근데 너무 '지방대라서 안 된다'라고 생각하면

자기 합리화 아님?

┗ **익명2** 면접 기회? 서류에서 걸러지는데? 지방대라고 대놓고 '이건 안 되겠다' 하는 건 아니지만, 묘하게 지방대만 광탈이 많아. 다 이유가 있는 거지.

┗ **익명3** 맞아. 난 지방 국립대 졸업했는데 취업 사이트에서 기업명 검색해보면 같은 학교 출신이 아예 없음. 다 SKY 아니면 수도권 대학이야. 이력서에 학교 적는 순간 '광탈 예약'이더라.

┗ **익명4** 물론 지방대 출신이라고 해서 100% 취업 못 하는 건 아냐. 근데 똑같이 노력해도 출발선이 다르다는 게 문제야. 서울 애들은 대학 다니면서 인턴, 공모전, 대외 활동 같은 거 정보 얻기도 쉽고 기회도 많잖아. 근데 지방은? 그런 기회가 적고, 수도권 인턴 하려면 왕복 교통비랑 숙소까지 생각해야 해.

첫 댓글은 약간 희망적이었다. 어쩌면 이건 단지 지방대 졸업생의 자격지심일 뿐일지도 모른다는 생각이 들었다. 하지만 이어지는 댓글들을 읽으며, 그 얇고 불안한 희망은 빠르게 무너져 내렸다. 의심은 확신이 되었고, 머릿속 어딘가에서 '넌 안 돼'라는 말이 조용히, 그러나 또렷하게 울렸다.

계속해서 올라오는 댓글은 그간 지방대생들이 겪은 응시

실패와 좌절, 조롱과 모욕, 그리고 그 이후의 침묵이었다. 그 하나하나가 남의 이야기가 아닌 듯, 자꾸만 내 상황과 겹쳤다. '혹시 나도 저들 중 하나일까? 아니, 어쩌면 이미 나도 저기에 있던 건 아닐까?' 말로는 괜찮다고 하면서도, 내 안 어딘가 깊숙한 곳에서는 오래전부터 알고 있었던 결론을 누군가 대신 말해준 기분이었다.

더 이상 화면을 볼 수 없었다. 마우스를 끄는 손끝이 조금 떨렸다. 그 순간, 스펙보다 중요한 건 운이라고, 환경이라고, 출신이라고 외치던 누군가의 말이 떠올랐다. 그 말이 처음으로 실감 나는 진실처럼 느껴졌다. 노트북을 덮었다. '그래도 나는 괜찮다'라고 믿고 싶었지만, 그 믿음조차 흔들리는 게 두려웠다. 진짜 무서운 건 댓글들이 아니라, 그 댓글을 믿어버리고 싶어지는 나 자신이었다.

거실로 나갔다. 어제 사다 둔 과자를 꺼냈다. 생각해보니 오늘 먹은 게 없었다. 과자 한 봉지를 뜯어서 먹기 시작했다. 유튜브도 켰다. 한 손으론 연신 과자를 입에 집어넣었고, 한 손으로는 보고 싶은 콘텐츠를 찾았다. 먹방, 자기 계발에 관련된 영상, 운동 영상, 뷰티 영상, 겟 레디 위드 미 영상, 스터디 영상 등등. 꽤나 다양한 콘텐츠가 쭉 올라왔다. 뭘 봐야 지금 이 기분을 처음부터 없었던 일처럼 리셋할 수 있을까?

이게 괜찮겠다. 구독하진 않았지만, 가끔 눈에 띄면 보는 먹방 유튜브 채널 '한 입의 행복'을 켰다. 오늘 먹방 메뉴는 먹방러라면 한 번쯤 도전하는 매운 실비 김치였다. 거기에 컵라면 10개와 떡볶이 그리고 칼바소시지였다. 양도 제법 많은 메뉴는 모두 내가 좋아하는 것이었다. 나는 또다시 뭐에 홀린 듯 영상을 봤다. 유튜버는 컵라면에 물을 붓고 난 후 익을 때까지 떡볶이를 먹었다. 쩝쩝거리며 먹는 소리에 나도 모르게 침을 꼴깍 삼켰다. 난 참지 못하고 배달앱을 켜 떡볶이를 시켰다. 먹방러와 비슷하게 먹으려면 컵라면도 하나 준비해야 했다. 소시지는 어떡하지? 버스정류장 근처 편의점을 떠올렸다. 요즘 내가 하루 중 유일하게 외출하는 곳이 바로 편의점이었다.

'소시지는 참자. 대신 컵라면 작은 걸 하나 더 먹을까?' 나는 떡볶이가 올 때까지 컵라면과 물을 준비했다. 매운 김치를 먹고 싶었지만 그건 없으니 패스. 냉장고를 열었다. 얼마 전에 사다 놓은 소주 한 병이 보였다. 구석에 하나 있는 캔 맥주와 소주를 꺼내 상을 차렸다. 곧 초인종 소리가 짧게 울리고 떡볶이가 도착했다는 메시지가 핸드폰 화면에 떴다. 잔칫상은 아니지만 준비한 음식을 놓고 보니 꽤 풍성했다. 떡볶이, 컵라면 두 개 그리고 소주와 맥주. 이만하면 오늘 식탁은 완벽했다. 소주를 한 잔 따랐다. 맥주와 섞어 마실까도 생각했지만, 오늘은 국물이 있으니 소주부터 마시기로 한다.

"캬아!"

소주 한 잔을 가볍게 입안에 털어넣었다. 쌉싸름한 맛이 혀끝을 스치더니 목을 타고 천천히 내려갔다. 처음엔 알싸하더니 이내 몸속 깊이 스며들자, 마음 한구석이 부드럽게 풀리는 기분이 들었다. 겨우 한 잔에 이럴 일인가, 싶을 정도였다.

"이 맛이지."

떡볶이 몇 개를 입안에 넣고 우걱우걱 씹었다. 아까 동영상처럼 쩝쩝 소리가 났다. 왠지 먹방러와 비슷한 것 같아 웃음이 났다. 컵라면도 한 입 후루룩 먹었다. 설익은 면발이 꼬들꼬들해서 유난히 맛있었다. 소주 한 잔을 다시 목구멍으로 흘려넣었다. 짜르르 넘어가는 소주 그리고 떡볶이와 라면. 어느 순간, 나는 미친 듯이 술과 라면, 떡볶이를 입안에 쑤셔넣었다. 배가 점점 불렀다. 하지만 먹는 걸 멈추지 않았다. 멈출 수 없었다. 먹고, 먹고, 또 먹었다. 아니, 먹어야만 했다. 세상에서 내 맘대로 할 수 있는 일은 마치 이것밖에 없는 것처럼, 그렇게 꾸역꾸역 처넣었다. 그러자 음식은 목구멍까지 차올랐고 위장이 반항하듯 요동쳤다. 곧 끓어오르는 듯한 무언가가 목구멍을 타고 거칠게 솟구쳐 올랐다. 나는 다급하게 화장실로 달려가 변기통을 부여잡

앉다.

"꾸웩, 꾸웩!"

변기 안엔 아직 채 소화되지 않은 면발과 떡볶이 국물이 섞여 쏟아져 나왔다. 매운 기운은 계속해서 코를 타고 올라왔고 입 안은 불이 난 듯 얼얼했다.

"우엑!"

그렇게 뱃속에 있는 걸 다 토하고 나자, 마지막엔 신물과 함께 헛구역질이 나왔다. 나는 차가운 바닥에 철퍼덕 주저앉아 한참 동안 숨을 몰아쉬었다. 온몸에 힘이 빠져 축 늘어졌고, 뜨겁게 달아오른 얼굴에는 땀이 송골송골 맺혔다. 목이 따갑고 속이 쓰렸다. 그제야 속이 조금 가라앉는 듯했다. 문제는 그다음이었다. 눈가가 서서히 뜨거워졌다. 뜨거워지기 시작한 눈가에 눈물이 맺히더니, 급기야 눈물이 쏟아졌다. 어쩌면 내내 참았던 눈물이었다.

"으… 아아… 으아아아…!"

화장실 안이라 소리가 울려서 울음소리가 유난히 컸다. 울면서도 걱정했다. 우는소리에 사람들이 올라오면 어떡하지. 무슨 일 난 줄 알고 신고라도 하면 어떡해. 그만 울자. 그만 울어. 도연희! 뭘 잘했다고 계속 우는 거야? 나는 울면서 나를 다그쳤다. 그리고 이런저런 걱정을 했다. 누가 울라고 떠민 것도 아닌데, 기어코 울면서 걱정하고, 걱정하면서 울었다. 한심했다. 나는 왜 모든 것에 이렇게 엉망진창일까.

며칠 지나 주말쯤, 연지에게서 만나자는 연락이 왔다. 간간이 문자를 주고받았지만, 안 본 지 거의 한 달이 다 돼갔다. 오랜만이라 만나고 싶은 마음 반, 만나기 싫은 마음 반이 들었다. 어떻게 할까, 망설이다가 일단 씻었다. 그리고 거울을 보던 난 소스라치게 놀랐다. 그동안 살이 더 불었다. 서둘러 외출복을 찾아 입었다. 옷이 하나도 안 맞았다. 분명 이사 올 때만 해도 맞았던 옷인데 바지는 허벅지에서 끼고, 배 위로 지퍼는 올라가지도 않았다. 큰일이다. 무엇 하나 되는 일 없다고 생각했는데, 이제 살까지 찌자 절망스러웠다.

나는 연지와 만나는 걸 포기했다. 연지에게는 갑자기 생리가 터져 나가기 힘들다는 핑계를 댔다. 속으론 운동하고 살을 뺀 후에 만나자고 결심했다. 하지만 그 생각은 딱 거기까지였다. 몸이 너무 무거우니 점점 더 움직이기 싫었다. 움직이지 않으니 더 피곤했다. 그리고 피곤하니까 그냥 계속 누워만 있었다. '내일 해야지'라는 마음의 소리만 매일 반복했다. 하지만 그 내일은 번번이 오지 않았다. 대신 이상한 마음의 소리가 들리기 시작했다. 이제 와서 뭘 해. 어차피 다 망했어. 난 안돼. 그냥 다 포기해버려.

처음엔 저항했다. 그래도 나를 믿고 싶었다. 내 삶은 아직 망가지지 않았다고. 열심히 살아야 한다고, 나를 아껴야 한다고. 하루하루를 다시 세우고, 부스러진 마음을 쓸어 담아야 한다고. 그 믿음 하나로 버텼지만, 마음 깊은 곳 어딘가에선 이미 조금씩 침몰하고 있었다. 점점 포기하라는 마음의 소리에 휩쓸려 가고 있었다. 악순환은 거듭됐다.

연희동이라는 새로운 공간에 새로운 시작을 꿈꾸고 왔던 나는 온데간데없었다. 창문을 열면, 봄비에 물이 불어 반짝이는 홍제천과 그 옆으로 난 산책로에 자전거를 타며 오가는 사람들, 느릿하게 걷는 노인들, 아이와 강아지를 산책시키는 이웃들이 보였지만 더 이상 그 풍경은 신경 쓰이지 않았다. 바람이 불어오면 창문을 닫았다. 햇살이 들어오면 블라인드를 내려 버렸다. 그렇게 나는 세상과 더 멀어졌고, 악순환은 끊어지기는커녕 더욱 날 조여 왔다.

3
누군가의 좋은 소식은 날 슬프게 해

옥탑방 창밖으로 부는 바람이 거셌다. 창틀이 덜컹거리고, 바람은 건물과 건물 사이를 휘감으며 낯선 소리를 냈다. 나는 천천히 창가로 다가갔다. 창밖을 바라본 게 대체 얼마 만인가. 유리창 너머로 멀리 홍제천 줄기가 보였다. 건너편 낮은 빌라들 사이로 연둣빛 나무들이 간신히 고개를 내밀고 있었고, 햇살에 반사된 천변의 물결이 마치 창 위에 은빛을 뿌려놓은 것처럼 아른거렸다. 이제 막 잎을 틔운 나무들과, 길가엔 누군가 무심히 밟고 지나간 민들레꽃이 피었겠지. 그런 풍경은 늘 그 자리에 있었을 텐데 이상하게도 오늘 처음으로 그 존재가 마음에 와닿았다.

"이제는 바꿀 때야."

난 나지막이 중얼거렸다. 결심이란 늘 그렇듯 급작스럽게 찾아온다. 손을 창틀에서 떼고, 한 걸음을 뒤로 물러났다. 더는 제자리걸음하지 않겠다고, 더는 같은 실수를 반복하지 않겠다고 다짐하다 물끄러미 건너편에 있는 건물 하나를 봤다. 마음 사랑 정신과 의원이 눈에 들어왔다.

내가 처음 정신과에 갔던 건 작년 겨울이었다. 파견직을 그만둔 후 툭하면 자학하거나 비관하길 반복하던 때였다. 매일 잠을 제대로 못 잤고, 깨어 있는 시간은 죽고 싶단 생각에 빠져 있곤 했다. 그래서 찾아갔다. 죽고 싶지만, 죽고 싶지 않아서.

병원은 백수 상태라 비용을 절약하고 싶어 동네 커뮤니티와 카카오맵 별점을 열심히 추려 찾아냈다. 병원 이름은 알고 보니 의사 이름을 내건 거였다. 거기에서부터 약간 신뢰가 생겼다. 적어도 자기 이름을 내걸었으니 진료하는 데 더욱 신뢰할 수 있을 거 같았다. 그곳이 인상 깊었던 건 온도 때문이었다. 유난히 추웠던 날이기도 했지만, 병원 안으로 들어섰을 때였다. 따뜻했다. 너무 따뜻해서 순간적으로 코끝이 찡해지면서 무장해제가 되는 기분이었다. 추위와 난생처음 받는 상담에 잔뜩 긴장했던 나를 누군가 와락 껴안고 다독이는 것처럼 느껴졌다.

여러 검사 끝에 의사가 주요우울장애라고 말했다. 주요우울장애는 단순히 기분이 가라앉는 수준을 넘어서, 감정 반응 자체가 무뎌지고 기쁨이나 슬픔 같은 감정도 잘 느껴지지 않는 무

감각한 상태로 이어진다고 했다. 소견을 들은 나는 그저 고개만 끄덕거렸다. 이렇게 된 원인이 무엇인지에 대해 가족 관계는 어떤지, 가족 간에 혹 어떤 상황이 있었는지, 현재 나를 둘러싼 사회적이고 관계적인 상황은 어떤지를 의사가 조심스럽게 물었지만, 할 수 있는 건 그 정도가 다였다. 나에 대해 아무것도 모르는 타인에게 내 상황을 객관적으로 전할 자신이 없었다. 하지만 결국 나에 관해 이야기할 수밖에 없었던 건 이 말 때문이었다.

"감정이 느껴지지 않는다는 게 사실은 그만큼 오래 참고 눌러왔다는 뜻이기도 해요. 몸이 아플 때 열이 나는 것처럼, 마음이 힘들면 감정 자체가 꺼져버리기도 하거든요."

이 말을 듣는 순간, 애써 버텨왔던 마음의 둑이 무너졌다. 내 불안의 근간이던 서울에 정착하지 못하고 다시 지방으로 돌아갈지도 모른다는 문제, 파견직을 마치고 난 백수 상태 그리고 나를 무기력하게 만드는 원인이 어디에 있는지 말하기 시작하자 놀랍게도 눈물이 나왔다. 의사는 조용히 휴지를 내밀었고, 나는 눈물을 닦으면서도 안에 꾸역꾸역 쌓아놨던 이야기를 풀어냈다.
　내게 서울은 기회의 도시였다. 지방에선 일자리를 찾기 어렵던 문화예술 관련된 일을 할 수 있는 곳, 내가 원하는 걸 펼쳐낼 수 있는 희망의 도시, 자유의 공간이었다. 그리고 무엇보다 가족에게서 벗어나고 싶었다. 내 생각이나 의지와 상관없이 부모의 판단과 결정에 따라 살아야 하는 삶이 싫었다.

그러나 막상 자리를 잡으려 하자, 서울은 다른 얼굴을 보여줬다. 우선은 내가 할 수 있는 일보다 생계를 위해서 발벗고 나서야 했다. 사실 이 문제는 어디에 사나 마찬가지겠지만 서울에선 온전히 책임져야 했다. 그런데 그게 마음대로 되지 않았다. 별을 따기 위해선 사다리가 필요한데, 사다리를 어디에 놓을지 몰랐다. 아니, 제일 큰 문제는 내가 원하는 사다리가 생기지 않았다. 시간이 흐르면서 환한 미소로 손짓하던 모습에서 차갑게 변심한 얼굴로. 한마디로 좌절의 도시가 되었다. 내가 이곳에 어떻게 왔는데…… 어떻게 이렇게 매정할 수 있을까.

처음 서울행을 이야기했을 때 아빠는 몹시 반대했다. 아빠가 연결해준 군청 별정직을 얌전히 다니다가 좋은 사람 만나 결혼하라고 했다. 하지만 나는 견딜 수가 없었다. 내가 하는 일은 CCTV 통합관제센터에서 관제요원으로 군민들이 24시간 안심하고 살 수 있게 매일 CCTV를 들여다보는 일이었다. 이 일은 3교대로, 출근해서 하는 일은 정말 종일 CCTV를 보는 거였다. 군민들의 안전을 위해서 하는 일인데 정작 내게는 단 하루도 마음의 평화나 안정은 없었다. 오히려 고역이었다. 내 청춘을 갉아먹고 있는 듯했다.

결국 나는 몇 달에 걸쳐 서울에서 살 방법을 찾았다. 우선 그간 모아둔 2천만 원으로 시간 날 때마다 서울에 와서 살 집을 알아봤다. 그런 후에 청년주택 대출을 받아 집을 얻고 아빠한텐 통보하는 식으로 이야기했다. 이렇게 준비하지 않으면 나도 어영부영 마음만 갖고 있다가 포기할 것 같았다. 그 무렵 건강에 적신호까지 와서 더 단호히 결정을 내렸는지도 모른다. 그렇게 서울에 온 것인데, 내 삶은 자꾸만 삐거덕거렸다. 뭐 하나 내 마음대로 되는 게 하나도 없었다. 원하는 일은 점점 멀어져갔다. 애초 내가 원하는 일이 뭔지도 잊어버리게 됐다. 좌절감이 수시로 찾아오는 걸 막아낼 힘이 내겐 없었다. 겨우 몸부림쳐 실행에 옮긴 게 이사였다. 그런데 이사를 하고도 마치 내 마음처럼 여전히 지옥에 들어서 있는 것처럼 살고 있었다. 안 된다. 이제 더는 나를 망치게 둘 수가 없다.

바람 소리가 거칠지만, 외출 준비하는 마음은 변치 않았다. 집 안에만 있다간 악순환의 고리를 영원히 끊을 수 없으니까. 일단 무조건 나가 걸을 것이다. 천변을 걷거나, 마트 구경을 가도 괜찮을 거다. 걷다가 쉬고 싶으면 카페에 들어가 차 한잔 마셔도 좋을 것이고.

연희삼거리 방향으로 발길을 옮겼다. 작은 가게들이 어깨를 맞댄 채 줄지어 늘어선 길목, 빈티지한 간판과 붉은 벽돌 외관이 뒤섞인 풍경이 낯선 듯 익숙했다. 베이커리 앞에선 고소한 빵 냄새가 퍼졌고, 골목 안쪽 카페 창가에는 혼자 책을 읽는 사람이 보였다. 잔잔하던 꽃샘추위가 마지막으로 기승을 부리는 탓에 옷깃을 파고드는 바람 끝이 날카로웠다. 평소 같으면 사람들이 북적였을 삼거리지만, 오늘따라 유난히 한산했다.

버스를 타는 대신 일부러 걷기로 한 길. 천천히 멈추지 않고 걸음을 떼었다. 지금 내겐 걷는 것 그 자체가 필요했다. 걷는다는 건 나에게 '천천히 회복하는 일'이었다. 숨을 고르며 내 안의 속도를 다시 맞추는 일. 생각의 덩어리들이 발끝을 따라 흘러나가는 시간. 누군가에겐 소모일지 몰라도, 내겐 비로소 나를 회복하는 방식이었다.

홍제천 방향에서 연희초등학교 방향으로 가파른 오르막을 한 번 오르고, 쭉 내리막으로 걷다 보니 어느새 사러가마트 앞이었다. 사러가마트는 연희동에 오래 자리 잡아온 역사를 말해주는 듯 외관은 좀 낡아 보였다. 그러나 상당한 규모의 건물 안으로 들어가자 미국 영화 속 슈퍼마켓을 연상케 하는 아기자기한 수입 식재료 코너가 보였다. 반짝이는 철제 진열대 위엔 일본 과자, 유럽 초콜릿, 동남아 향신료 병들도 색색으로 줄지어 있었다. 진열된 물건들을 쓱쓱 구경하며 안으로 더 들어가는데 배가 고팠다. 뭘 사지? 나는 고픈 배를 달랠 무언가를 찾기 위해 두리번거리며 신선 식품매장 앞에 섰다. 이것저것 음식을 살펴보는

데 조금 떨어진 곳에 시식 코너가 보였다. 무얼 굽는지 고소한 냄새가 확 풍겼다.

"안녕하세요. 고기처럼 쫄깃한 콩고기 너깃입니다. 단백질이 풍부해서 건강하게 한 끼 해결하실 수 있어요."

판매원은 50대 중반의 아줌마였다. 기름에 너깃을 구우며 계속 같은 멘트를 반복하고 있었다. 그 앞으로 가서 한쪽에 준비해둔 이쑤시개를 집어 너깃 하나에 꽂는데, 판매원이 반갑게 알은체했다.

"아기엄마, 따끈따끈할 때 하나 먹어요. 아니다, 뱃속의 아기 몫으로 하나 더 들어요!"
"넹?"

나는 너깃을 집다 말고 아주머니를 봤다. 아주머니는 자신의 친절에 만족한 얼굴로 나를 바라봤다. 아니, 내 배를 봤다. 순간, 얼굴이 후끈 달아올랐다.

"아기 가졌을 땐 무조건 잘 먹어야 해요. 그래야 건강한 아이 낳거든. 근데 몇 개월이에요? 우리 며느리도 빨리 애를 가져야 하는데, 일 다녀야 한다며 자꾸 미루는데 속이 터진다니까요. 뭐든 다 때가 있는 건데 나이 먹어서 아이 낳으면 진짜 고생하거든."

궁금하지도 않은 아주머니의 가정사 TMI를 듣는 것도 기분이 별로였다. 아니, 화가 났다. 무엇보다 살이 쪘다고 무조건 임산부로 보다니. 그나저나 나 도대체 얼마나 살이 쪘기에 처음 보는 사람한테 이런 말을 들어야 하나.

"안 사도 되니까 새댁 더 먹어요."

결국 나는 화도 못 내고 그곳을 빠져나왔다. 아니, 화를 못 낸 건 둘째 치고 어설픈 미소로 감사하단 말까지 했다. 이런 등신, 바보, 천치 같으니라고. 이렇게 할 말도 제대로 못 하니 이 모양으로 살지. 기분 전환하러 나왔다가 기분이 더 나빠졌다. 하지만 기분이 태도가 되면 안 된다. 누군가로 인해 내 기분을 망치고 싶지 않았다. 사러가마트에서 나와 빵가게 피터팬1978로 갔다. 이곳은 소금빵이나 애기궁뎅이빵, 크루아상과 단팥빵이 맛있기로 유명하다. 기왕 이렇게 된 것 빵으로 당을 충전해 기분을 달랠 생각이었다. 스트레스받을 땐 당 충전만큼 좋은 게 없다.

그런데 평일에 생각보다 빵을 사러 온 사람이 많았다. 북적

대는 가게 안에서 빵 몇 개를 빠르게 골라 빠져나왔다. 다시 집 방향으로 걸었다. 실내에 있다가 나와서 그런지 바람이 더 차갑게 느껴졌다. 빵 봉지를 든 손이 금방 차가워졌다. 걸음이 절로 빨라졌다. 다시 오르막을 올랐다가 내리막길을 걷는데, 핸드폰이 울렸다. 엄마였다.

"어, 엄마."

나는 종종걸음을 걸으며 전화를 받았다.

"연희야, 세상에 상욱이가 이번에 공무원 시험 합격했다."
"정말? 잘됐네."

오랜만에 전화한 엄마는 내게 형식적인 안부도 묻지 않고 동생 소식부터 전했다. 하긴 기쁜 소식이니 얼마나 이야기하고 싶었을까?

"잘 되었다마다. 얼마나 기특하냐. 다른 사람들처럼 몇 년을 공부한 것도 아니고, 공부 시작하고 1년도 안 돼서 이렇게 떡하니 붙었으니."
"그러게요. 진짜 잘됐다. 아빠 엄청 좋아하시겠네요?"

아빠는 나한테도 공무원이 젤 좋은 일이라며 시험 보기를 원했었다. 그러니 얼마나 좋아할지 안 봐도 가늠이 됐다.

"말해 뭐해? 좋아 죽지. 여기저기 친구들한테도 자랑하고 난리도 아니다. 그러게 너도 여기 있으면서 그 일 계속했으면 얼마나 좋아. 그럼 더 걱정 안 하고 안정적으로 살 건데."
"또 그 소리. 아들 공무원 된 거로 만족해요."
"그게 어디 그렇게 되니? 참, 너 이번 아빠 생신 때 올 거지?"
"생신?"

맞다. 4월 15일이 아빠 생신이었다. 깜빡 잊고 있었는데. 이런 상태로 어떻게 가지?

"상황 봐서 갈게요. 요새 회사 일이 많이 바빠서 어쩔지 모르겠어요."

나는 다니지도 않은 회사 핑계를 대며 대답을 미뤘다. 지금 백수 상태라고 하면 이어질 말은 불보듯 훤했다. 아마 엄마나 아빠는 '이렇게 된 거 이번에 아예 그냥 내려오면 어떻겠냐'라는 말을 바로 할 것이다. 다른 건 몰라도 그것만은 막고 싶었다.

"아무리 바빠도 이번엔 꼭 와. 선물은 적당히 알아서 준비하고. 이번엔 상욱이 합격 소식이 선물이라 뭐가 더 필요하겠냐마는."

나는 대답 대신 고개만 주억거렸다. 그렇겠다. 아빠한테 상욱의 합격 소식은 그 어떤 선물보다 최고일 것이다.

"알겠어요. 아무튼 나중에 다시 전화할게요. 나 지금 바빠요. 그럼 끊어요, 엄마."
"참, 상욱이한테 전화 한번 해. 누나가 먼저 축하해주면 좋잖아."

엄마의 뒷말을 흘려들으며, 바로 핸드폰의 통화 종료 버튼을 눌렀다. 더 듣고 있다간 나도 모르게 화를 낼지도 몰랐다. 분명 동생 상욱의 공무원 합격 소식은 누나로서 기쁘고 축하할 일이지만, 취준생 백수인 내 입장에서는 진심으로 좋아할 수만은 없었다. 그걸 모르는 엄마는 내 아픈 곳을 계속 찔러댔다.

주변을 두리번거렸다. 자꾸만 초라해지려는 나를 조금이라도 달래주려면 근사한 곳이 필요했다. 눈앞에 카페가 보였다. 얼핏 보기에 내 마음을 충분히 헤아려줄 만큼 작고 아담하지만 멋스러운 카페였다.

카페 안으로 들어서자 고소한 커피 향이 훅 풍겼다. 난방을 해놓은 덕에 훈훈한 기운이 내부에 가득해 마음이 놓였다. 손님은 한 테이블도 없었다. 이렇게 해서 가게를 유지할 수 있을까, 내 일도 아닌 일에 걱정하며 앉을 자리를 찾았다. 창가 자리가 눈에 들어왔다. 햇빛이 고스란히 들어 환해 보이는 자리로 가 빵 봉지를 내려놓고, 주문대로 갔다.

"따뜻한 카페라테…… 아니, 그냥 아메리카노 주세요."

임산부 소리까지 들은 마당에 칼로리 있는 걸 마실 생각을 하다니. 아, 정신 차리려면 멀었군. 빵까지 사 온 걸 생각하면 아직 나는 다이어트엔 진심이 아닌 것 같다.

"네, 따뜻한 아메리카노 한잔 3,500원입니다."

커피 가격은 생각보다 쌌다.

"저, 혹시 제가 외부에서 빵을 사 왔는데 먹어도 될까요?"

앉을 자리에 있는 빵 봉지를 돌아보며 물었다. 카페 주인도 내 눈길 따라 테이블을 보더니 입가에 희미한 미소를 지었다.

"원래는 안 되지만 손님도 없으니까 그냥 드세요."
"아, 감사합니다."

나는 꾸벅 인사하고 자리로 돌아왔다. 한 끼도 안 먹은 데다가 빵을 사놓고 못 먹고 있으니 급 허기가 졌다. 커피가 나오자마자 빵을 먹었다. 애기궁뎅이빵을 한입 베어무는 순간, 말랑한데도 쫀득하고, 부드러웠다. 입안 가득 퍼지는 촉촉한 우유 향과 마시멜로처럼 몽글몽글 부드러운 맛에 씹을수록 입꼬리가 절로 올라갔다. 오랜만에 먹은 애기궁뎅이빵은 크기가 크지도 않아서 커피와 함께 먹자 금방 빈 봉지만 남았다. 나는 절반 남은 커피를 홀짝거리며 통유리창 너머로 바깥을 바라봤다.

분명 익숙한 거리인데도 모든 것이 어렴풋하면서도 멀게 느껴졌다. 나는 유리 벽 너머에서 세상을 구경하는 관객처럼, 현실에서 한 발짝 비켜선 기분이 들었다. 마음이 착 가라앉았다. 내 기분이 왜 이럴까. 설마 시식 코너의 아주머니 판매원한테 들은 말 때문인가. 아주머니의 말은 확실히 기분이 나빴다. 결혼도 안 한 사람한테 새댁이라니. 게다가 임산부 취급은 다시 생각해도 짜증이 났다. 그렇다고 마음의 상처까진 아니었다. 그렇다면 지금 뭐라고 표현할 수 없는 찜찜하고 답답한 기분은 무엇 때문일까?

"니 동생 공무원 시험에 합격했어. 아빠가 얼마나 좋아하는지 여기저기 전화하고 난리도 아니다."

카페로 들어오기 전 통화로 들은 엄마의 말이 귓가에 걸렸다. 마음에 생채기를 낸 것은 마트 아주머니의 말이 아니라, 가족인 엄마의 말이었다. 다른 사람도 아닌 동생의 기쁜 소식에 나는 마음이 불편했다. 왜일까. 왜 이렇게 서글픈 마음이 드는 걸까.

동생은 어렸을 때부터 뭐든 원하는 것들을 단번에 얻었다. 녀석은 설렁설렁 대충해도 결과가 좋았다. 늘 꼬이고 얽혀서 원하는 걸 얻어내는 데 갑절의 힘을 들여야 하는 나와는 너무 달랐다. 그런데 커서도 이렇다. 시험을 준비하고 재수, 삼수를 해도 힘든 공무원 시험에 단번에 합격해 내 마음을 무너지게 했다. 난 수십 군데 이력서를 넣어도 연락 한 번 안 오는데.

눈을 감았다. 단전 아래에서부터 꾸물거리며 올라오는 착잡한 기분을 심호흡으로 밀어냈다. 흐읍, 하아. 흐읍, 하아. 몇 번 깊게 호흡하자 무겁게 가라앉았던 감정이 조금은 빠져나가는 듯했다. 눈을 떴다. 그때 무심코 내가 앉은 자리와 앞자리 사이에 놓인 작은 서랍장 위 책들에 눈길이 떨어졌다. 서랍장에는 여섯 권쯤의 책이 놓여 있었다. 나는 무심히 책등의 제목을 훑었다. '시작하기엔 너무 늦지 않았을까?'라는 제목의 책에 내 눈길이 오래 머물렀다. 나는 엉덩이를 반쯤만 올려 손을 뻗었다. 그리고 방금 본 제목의 책을 집었다. 책 표지는 그다지 눈에 띄지 않을 만큼 밋밋했다. 탁한 베이지 바탕에 두 남녀가 달리는 모습을 그려놓은 그림이 있고, 제목 아래로 부제 '나를 살린 달리기'라고 쓰여 있었다. 무슨 책일까?

표지보다 제목과 부제에 마음이 끌렸다. 책장을 넘겼다. 작가는 벨라 마키라는 영국인이었다. 〈가디언〉, 〈보그〉, 〈바이스〉에 글을 기고하는 프리랜서로, 이 책이 첫 책이란 소개가 보였다. 읽을까 말까 잠시 망설였지만, 눈보다 손이 빨랐다. 내 손은 이미 책장을 넘기고 있었다. 첫 장 제목은 '전부 최악이다'였다. 전부 최악? 이건 지금 내 기분이잖아? 여기까지 읽고 나자, 책을 계속 읽어가는 데 어떤 의지라는 건 필요하지 않았다. 그냥 페이지를 넘겼고, 읽었다. 이 책은 고질적인 정신 문제에 이혼까지 겹쳐 20대를 눈물로 마감한 작가의 경험담을 바탕으로 쓰인 것이었다. 세상 모든 것이 두렵고 인생을 수습하기는커녕 소파에서 일어날 힘조차 없었다던 그녀가 어느 날 생전 안 하던 짓을 하는데 그게 달리기였다. 달리며 그녀의 인생은 조금씩 달라지고 나아졌다. 완벽하게 행복하지는 않아도 더 이상 불안에 좀먹으며 살진 않는다는 서문을 보면서 나도 모르게 책에 빨려 들어갔다.

불안은 가만히 두면 점점 심해지고, 어디까지 악화될지 알 수 없는 병이다. 내 경우에도 마찬가지였다. 처음엔 단순한 불면과 긴장감으로 시작됐지만, 점점 일상이 흐트러지고 마음이 잠식되어갔다. 정신과에서 내게 권유한 건 상담과 약물 그리고 운동이었다. 작가도 상담과 약물, 달리기 같은 단순한 반복 활동을 통해 그 불안을 조금씩 걷어냈다고 했다. 한동안 숨을 멈추고 책을 읽었다. 상담, 약물, 달리기. 나도 상담을 받았었고, 약물 치료도 받았다. 하지만 시간이 흐르고 또다시 안 좋은 상황이 오니 나는 그 자리로 돌아갔다. 지금은 창문을 열 때마다 정신과 의원 간판이 날 향해 손짓하는 것 같아 애써 외면하고 있다.

"달리기……."

입안에서 단어를 살살 굴려봤다. 달리기를 하면 정말 좋을까? 이 작가가 책에 쓴 것처럼 불안과 우울에 효과가 있을까? 나는 계속 의문을 품으면서도 한 장씩 책을 읽어나갔다.

디디딕. 디디딕. 한참 책에 빠져 있는데 핸드폰 진동이 울렸다. 액정 화면에 두 글자가 떴다. '동생', 상욱이었다. 상욱이와는 얼마 만에 통화하는 거지? 석 달이 넘은 것 같다. 설에 본가에서 보고는 아마, 처음인 것 같다. 그러고 보면 우리 남매야말로 확실히 흔한 남매였다. 성인이 된 후론 거의 사적인 대화를 하지 않는 사이다.

"어, 상욱아."

"누나! 들었어?"

"응. 축하해."

나는 희미하게 미소 지으며 힘없이 축하 인사를 전했다.

"애걔! 겨우 그 정도야? 넘 영혼 없는 거 아님?"

"그럼, 어떻게 해야 영혼 있는 건데? 동네에 현수막이라도 걸어주리? 빽질이 도상욱 공무원 시험 합격! 이렇게?"

"아니, 그건 아니지만…… 좋아하는 티가 하나도 안 나니까 그렇지……."

속으로 뜨끔했다. 역시 감정을 못 숨기는 난 동생한테도 심란한 마음을 감추지 못한 모양이다. 난 도대체 왜 이 모양일까? 다른 사람도 아니고 동생 일에 시샘하며 쪼잔하게 구는 내가 한심했다.

"뭐, 암튼 축하해. 진짜루. 한 번에 되는 거 진짜 힘든데."

"그건 좀 그렇지? 나랑 함께 준비한 사람들 거의 다 떨어졌거든. 암튼 쌩유. 참, 아빠 생일 때 올 거지?"

"봐서."

내가 현재 백수 상태인 걸 모르는 상욱에게 대충 얼버무리며 대답하는데, 카페 문이 벌컥 열렸다. 중년 남녀 다섯 명이 안으로 들어왔다. 수다를 떨고 오는 중이었는지 주문대 앞에 서서도 소란스럽게 웃어 댔다. 조용하던 공간은 금세 시끄러워졌다. 미간이 절로 찌푸려졌다.

"상욱아, 나중에 통화해.
"알겠어. 아빠 생신 때 봐."

상욱이 전화를 끊었다. 나는 핸드폰을 탁자 위로 내려놓으며, 자리를 찾아 두리번거리는 사람들을 바라봤다. 얼핏 보기에도, 점심 식사를 마치고 카페에 온 직장인들로 보였다. 그들은 당당하게 자기 시간을 즐기고 있다는 느낌이 들었고, 그런 일상이 가능하다는 게 부럽게 다가왔다.

나는 더 읽으려던 책을 덮고 가져왔던 자리에 다시 꽂았다. 그리고 탁자 위 핸드폰을 호주머니에 넣고 밖으로 나왔다. 펄럭, 아직은 서늘한 기운이 남아있는 바람이 거리를 한바탕 휘저었다. 고개를 들어 하늘을 바라봤다. 알 수 없는 서글픔이 나를 내려다보고 있었다.

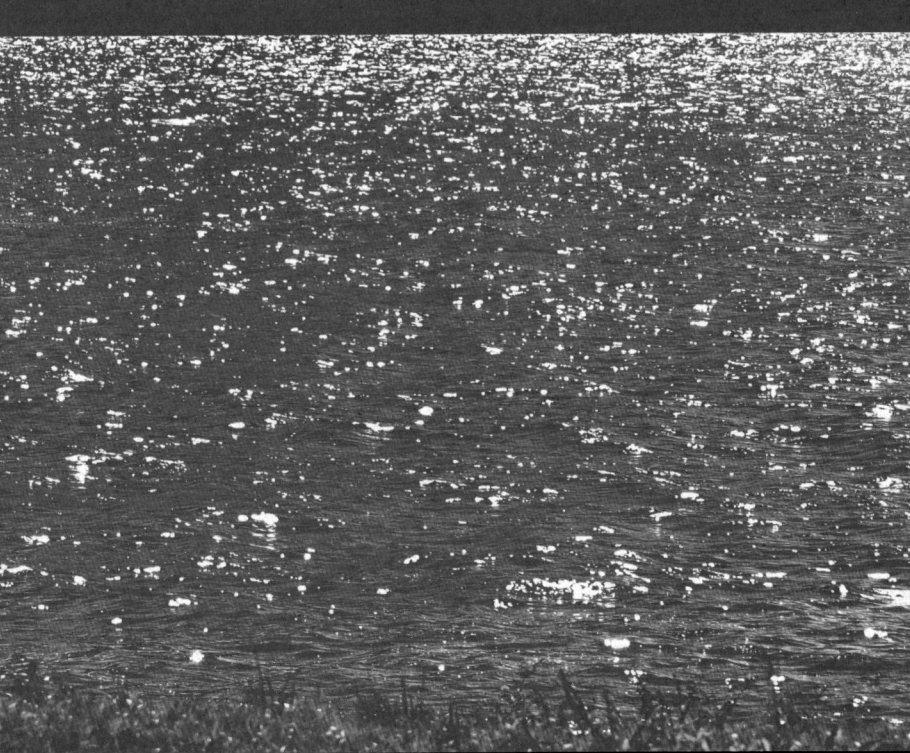

동생 상욱의 합격 소식은 의외의 순간에 자극이 돼주었다. 다시, 힘을 내 취업을 준비할 동력을 선사했다. 동생의 합격 소식을 듣고 나서 처음엔 '나는 왜 이 모양일까?'라는 생각에만 머물렀다면, 차차 '나도 해보자!'라는 생각으로 마음을 이끌었다. 우연히 본 '세바시' 강연에 강연자로 나온 정신과 의사의 말도 힘이 됐다.

"예전엔 30대가 되면 많이 불안해했지만, 지금은 아닌 것 같아요. 요즘에는 마흔이라는 단어가 주는 임팩트도 크거든요."

내 입장에선 의사의 말처럼 예전 30대와 다를 게 없이 불안했지만, 지금은 오히려 40대가 더 힘들다는 이야기를 들으니 생각이 조금은 달라졌다. 마음의 여유가 그나마 생기는 것 같았다. 매일 흔들리고 금방이고 무너질 것 같은 나날이지만, 아직 30대란 사실에 더 도전해도 좋겠다는 생각이 들었다. 그런 마음으로 다잡으면서 이력서와 자기소개서를 수정하기 시작했다. 본가에 갈 때까지 무조건 취업하겠다는 목표를 세웠다. 마침 이번엔 내가 정말 입사하고 싶은 공공기관 채용 공고가 난 것을 확인했다. 문화예술 교육이나 청소년 교육 지원 사업에 관심이 있었는데 두 군데 공고가 난 것이다.

한참 자기소개서 수정 중일 때, 연걸즈 단톡방 알람이 울렸다.

연지 아, 진짜 개빡쳐!

서연 왜?

연지 글쎄 오늘 팀장이 또 내 아이디어 지가 낸 것처럼 발표함. 와, 씨 나 걍 퇴사하고 싶다.

서연 헐, 또? 미친 거 아냐?

연희 그래서 가만있었어?

연지 ㅠㅠ

서연 오늘 연지 센 거 필요하겠는데?

연지 응. 맥주로는 안 돼. 소주 각!

갑자기 저녁 약속이 생기자, 마음이 급해졌다. 쓰고 있던 이력서와 자기소개서가 아직 정리되지 않아 시간이 더 필요했다. 둘만 만나라고 할지 잠깐 고민했다. 하지만 오랜만에 친구들과 수다 떠는 것도 기분 전환에 좋을 것 같았다. 요새 계속 나가지도 않고 틀어박혀 취업 준비에만 골몰하다 보니 살짝 우울하기도 했다. 대신 이력서와 자기소개서를 최대한 많이 고쳐놓고 나가기로 했다.

수정 작업은 생각보다 시간이 길어졌다. 조금만 더 고쳐놓자, 하고 반복하다가 결국 약속 장소인 홍대입구역 근처 '와인 한 잔'에 도착한 때는 약속 시간이 15분이나 지나서였다.

"뭐야? 도연희, 왜 이리 늦은 거야?"
"늦어서 미안, 미안. 자소서 고치다가 시간이 훅 가버렸어."

늦게 나타난 나를 보고, 서연이 투덜거렸다. 연지는 얼른 앉으라고 손짓하며 소주잔을 내 앞으로 내밀었다. 나는 서연이 옆자리로 엉덩이를 밀어 넣으며 잔을 받아들었다.

"뭐야, 벌써 시작한 거야?"
"그렇게 됐어. 너도 소주?"

연지가 소주병을 기울여 내 잔을 채웠다. 아직 손님이 차지 않은 가게 안으로 잔에 담긴 소주의 출렁이는 소리가 유쾌하게 들렸다.

"연희야, 너 좀 더 찐 것 같은데? 운동할 거라며 안 했나 보네?"

서연이 눈으론 내 몸을 훑었고, 입으로는 소주 한 잔을 털어넣으며 말했다.

"아, 그…… 그게……"
"그리고 너! 아무리 백수라지만 옷이 그게 뭐냐? 좀 차려입고 다녀."

이번엔 연지였다. 내 몸을 스캔하듯 훑어보더니 이맛살을 찌푸렸다. 오랜만에 두 친구가 동시에 외모 지적질을 하니 괜히 작아지는 기분이었다. 잔을 입에 가져다대다 말고 눈을 내리깔아 옷차림을 살펴봤다. 직장인답게 슬랙스와 블레이저를 입은 연지와 원피스에 풀메이크업을 한 서연과 비교하면 내 옷차림은 턱없이 후줄근했다. 급하게 나오느라 대충 손에 잡힌 옷을 입고 나왔더니 이 모양이었다.

"정신없었다니까. 그리고 옷은 대충 입었지만 나 오늘 간만에 화장까지 했어. 이것 봐, 마스카라까지 꼼꼼하게 하고 왔잖아?"

"그래, 그래. 오늘은 네가 문제가 아니라 내가 문제니까 패스! 자, 일단 우리 오랜만에 만났으니까 찐하게 마셔보자. 어때?"

"좋지!"

"마시자!"

연지가 잔을 들어 쨍! 부딪히자, 소주잔이 출렁였다. 곧 목구멍을 타고 내려가는 알싸한 소주 맛은 조금 전 민망했던 마음을 단번에 씻어주었다.

"내가 이 기획안 때문에 진짜 며칠 동안 잠도 제대로 못 자고, 엊그제는 밤새 테스트까지 해서 냈거든. 근데 발표 때 뭐라는 줄 알아?"

한 잔을 그대로 털어 넣은 연지가 탁자에 소주잔을 소리 나게 탁 내려놓으며 말했다.

"뭐랬는데?"

서연이 연지 앞으로 몸을 숙여 물었다. 그때 우리 테이블로 안주를 가져온 종업원이 음식을 하나씩 놓기 시작했다.

"주문하신 어묵탕이랑 매운 떡볶이 나왔습니다."
"감사합니다."

종업원은 곧 빈 쟁반을 들고 물러났다. 연지가 다시 우리를 향해 입을 열었다.

"우리 팀이 트렌드를 잘 분석했죠? 사실 △△△ 챌린지는 제가 예전부터 눈여겨보던 건데, 이번에 우리 회사와 잘 맞을 것 같아서 도입을 고민하고 있었습니다. 이러는 거야. 와, 내가 했는데 '제가'래. 미친 거 아니냐?"
"그러게. 진짜 돌았나? 너무 뻔뻔한 거 아냐? 다른 사람들은 아무 말 안 해?"

서연은 적절한 타이밍에 연지 말에 맞장구쳤다. 나는 냄비에서 어묵을 하나 꺼내 먹으며 연지 말에 귀를 기울였다.

"안 하긴 왜 안 해? 뒤에서 하긴 하지. 근데 앞에서 아무도 말 못 해. 왜 그러겠어? 똥이 더러워서가 아니라 무서워서 피하는 거지."

"찌질하고 비겁하네."

이번엔 내가 한마디했다.

"그러니까. 내 말이 그 말이야. 완전 비겁하고 황당해. 나 이럴 때마다 확 때려치우고 싶어."

연거푸 소주를 들이켠 연지의 얼굴은 금세 불콰해졌다.

"지금은 말이야 니들이 진심 부러워. 나처럼 이런 스트레스는 안 받을 거 아니야."

연지가 술잔을 탁 내려놓으며 말했다. 순간, 우리를 감싸고 있던 소란스러운 분위기가 마치 리모컨으로 음소거라도 한 듯 조용해졌다. 곧 내 마음은 얇은 얼음판 위로 무언가가 떨어져 '쨍'하고 금이 가는 듯했다. 나는 얼떨떨한 얼굴로 연지를 바라보다가 슬며시 서연 쪽으로 눈길을 돌렸다. 서연도 어이없다는 듯 입을 열려다 말고, 가볍게 숨을 내쉬며 고개를 저었다.
연지는 혼자만 세상에 없는 괴로움을 당한 듯 하소연했다. 물끄러미 그 모습을 바라보는데 씁쓸했다. 경험해보기 전까진 알 수 없는 속내라는 게 있다. 직접 당해보지 않은 이상 함부로 말하면 안 되는 것들. 똑같은 상황이어도 그 사람의 마음 상태를 모르면 해서는 안 되는 말들. 그래서 지금 괴롭다는 연지 앞에 차마 네가 모르는 게 있다며 큰소리칠 순 없었다.

하지만 연지가 잊고 있는 게 있었다. 확 때려치운다거나, 니들이 부럽다거나 하는 말은 직장을 다닐 때나 할 수 있다는 것을. 직장을 구하고 있는 나와 서연 입장에서는 그건 꿈의 말이라는 걸. 연지는 제 괴로움 앞이라 까마득하니 잊어버린 것 같았다. 연지도 한때는 우리처럼 취업만 되면 뭐든 할 것처럼 이야기하던 때도 있었는데…….

"니들은 절대 이런 데 다니지 마. 진짜 잘 보고 고르라고."

우린 그렇게 이것저것 가릴 수 있는 처지가 아니라고 말하려다 말았다. 어차피 오늘은 연지를 위해 만난 거였고, 지금 상황에선 나나 서연의 말이 연지 귀에 들리지 않을 터였다. 지금 누구의 처지가 더 나쁜지 따지자면 싸움밖에 나지 않을 것이다. 그러기에 못마땅한 마음은 꾹 눌러 담고 이렇게 말했다.

"암튼 그냥 오늘은 그 팀장년 욕하고 잊어버려."
"그럴까? 욕이야말로 진정한 안주지. 자, 얘들아. 마셔!"

마셔! 마셔! 마셔! 우리의 잔은 쉴 새 없이 부딪혔다 그러는 동안 안주는 차례차례 사라졌고, 어느 순간 테이블에 소주병이 가득 찼다.

"야야, 쭉 세워봐."
"뭐하게?"

내가 묻자, 서연은 발갛게 달아오른 볼을 위로 올리더니 싱긋 웃었다.

"뭐하긴 뭐해? 사진 찍으려는 거지."

서연은 연지나 나와 달리 SNS를 활발히 했다. 아마도 오늘 이 소주병들은 내일이면 서연의 SNS에 올라가 있을 거다.

"우리 2차 갈까?"
"2차? 너 괜찮겠어?"

내가 연지에게 물었다. 서연과 나야 취준생 백수라 아침 일찍 출근하지 않았지만, 연지는 달랐다. 매일 아침 6시에 일어나지 않으면 지각하기 십상인 직장이 있었다.

"괘안찮아. 나 완저언 괜찮아."

연지가 주섬주섬 옷과 가방을 챙겼다. 덩달아 서연도 가방을 챙기며 일어났다.

"여기 술값은 회비로 할 거지?"

우리 모임의 총무인 서연이 물었다. 우린 매달 3만 원씩 회비를 모으고 있었는데, 그걸 쓰자는 거였다. 나와 연지는 알아서 하라며 밖으로 나갔다. 연지는 2차는커녕 곧바로 집으로 가야 할 만큼 취해 있었다. 화가 난 상태에서 급하게 술을 마시는 바람에 아무래도 금방 취한 모양이다.

"우리 저기 김치찌개 집 저기로 가자. 저긴 내가 산다."

이미 많이 취한 연지는 막무가내로 김치찌개 식당으로 휘우뚱휘우뚱 걸어갔다. 나와 서연은 서둘러 연지 곁으로 가서 양쪽에서 연지의 팔을 한 쪽씩 잡았다. 셋이 나란히 걸으니 함께 마신 달큰한 술 냄새가 진동했다.

"연지야, 그러지 말고 오늘은 이만 집에 가자. 너 너무 많이 마신 것 같아."

상태를 보니 셋 중 나만 조금 멀쩡하고 둘은 이미 많이 취해 있었다. 그래서인지 연지는 내 말을 듣지 않았다. 어찌나 빠른 걸음으로 식당으로 돌진하는지. 나와 서연은 그 뒤를 따라가기에 바빴다.

"얘들아, 일루 와봐."

식당으로 향하는 길에 가방과 키링을 파는 가게가 있었다. 연지는 갑자기 그 가게 앞에 멈춰 섰다.

"왜?"
"쪄어기, 쪄어거 내가 사줄까?"

어이쿠, 역시 연지는 많이 취해 있었다. 연지가 취하면 하는 술버릇이 나왔다.

"따라 와!"

말릴 틈도 없이 연지가 가게 안으로 들어갔다. 그러고는 곧 우리에게 원하는 것을 하나씩 고르라고 할 것이다. 바로 이게 연지의 술버릇이다. 취하면 느닷없이 같이 마신 사람들에게 뭔가를 하나씩 선물하는 것. 분명 다음 날이면 '내가 미쳤지!'를 연발하겠지만 그 버릇은 영 고쳐지지 않았다. 하기야 술 먹고 꼬장 부리며 남에게 피해를 주거나 이상한 문제를 일으키는 것보다야 나을 거다. 물론 다음 달 카드 명세서나 빈 지갑을 보면 이불킥을 수십 번도 더하겠지만.

연지 따라 들어간 가게에는 가방도 많았지만, 그보다는 독특하고 키치한 키링이 많았다. 연지는 가게 안으로 들어가자마자 혀 꼬인 목소리로 '안냐세요'라고 하더니, 그대로 쪼그리고 앉아 키링을 살펴보기 시작했다.

"얘두라. 이거, 이것 봐 봐? 얘네들 넘 이쁘지 않냐?"
"그러게. 얘네들 정말 왜 이리 이쁜 거야?"

서연도 연지 옆으로 가 쪼그리고 앉아 키링을 살피기 시작했다. 온갖 독특한 키링이 한가득이라 눈요기로 그만이었다. 멀뚱히 두 사람을 지켜보던 나도 슬그머니 그 옆으로 가 앉았다.

"난 말이야, 이런 키링에 달린 인형을 보고 있으면 막 마음이 편안해진다. 뭐랄까? 무해해지는 기분이랄까?"

"맞아맞아. 나도 그래. 그래서 요즘 이런 거 하나씩 모으고 있어. 참, 너희도 칠가이 영상 봐? 나 요즘 그거 틀어놓고 멍 때리는 게 낙이야."

"칠가이? 걔 진짜… 무표정 끝판왕이지 않냐?"

"응. 걘 걍 살아 있는 ASMR임."

한잔 먹어서 그런 걸까? 주고받는 말들이 쿵작이 잘 맞았다. 예전에도 우린 별거 아닌 작은 것들을 가지고 한참 수다를 떨곤 했다. 간만에 각자의 관심사가 비슷하다는 데 의견이 모이니 그저 신났다. 그러고 보면 어쩜 이런 즐거움 때문에 우린 종종 만나는지도 모르겠다.

"기분이야. 니들 맘에 드는 거 하나씩 골라!"

연지가 벌떡 일어나며 호기롭게 외쳤다. 서연은 눈을 동그랗게 뜨면서 연거푸 진심이냐고 되물었다. 연지는 연달아 그깟 것 다 사줄게 하면서 큰소리를 쳤다.

"총 7만 5천 원입니다."

결국 우리는 인기 캐릭터 라부부를 닮은 귀엽고 오묘한 표정의 피규어 키링을 하나씩 골랐는데, 가격이 생각보다 많이 나와 연지 눈치를 살폈다. 하지만 연지는 대수롭지 않게 카드를 꺼내 척 내밀었다. 술기운 때문이긴 했지만 몇 만 원을 고민 없이 계산하는 연지가 멋있어 보였다. 더 정확히 표현하자면 부러웠다. 카드를 써도 다음 달에 결제할 월급이 나온다는 게 이런 거구나 싶었다.

"저희 가게에서 20대 손님들한테 가장 인기 있는 키링들인데…… 손님들도 역시 20대라 이걸 고르시는군요?"

가게 사장님이 포장한 키링을 내밀며 연지를 향해 미소를 지어 보였다. 그러자 물건을 받던 연지가 헤헤거렸다.

"사장님, 저희 20대로 보여요?"
"네."
"아웅, 사장님 우리한테 일부러 그러는 거죠?"
"아닌데…… 설마 20대 아니에요?"

사장이 놀란 척 서연을 한 번 보고 나를 한 번 봤다. 난 괜스레 어깨가 움츠러들었다. 아까 술집에서 서연과 연지의 옷차림

지적에 20대라는 이야기는 나와는 상관없는 것으로 느껴졌다. 게다가 얼마 전 마트에서 본 아주머니가 아기엄마라고 한 것도 떠올랐다.

"아, 맞아요. 맞아. 저희 20대예요. 아무튼 눈 좋으신 사장님, 많이 파세요. 얘들아, 가자."

연지가 서둘러 인사한 후, 우린 바로 밖으로 나갔다. 홍대 밤거리는 LED 간판 불빛이 어지러이 교차하는 가운데 묘하게 일렁이고 있었다. 거리에는 크롭티에 루즈한 팬츠를 입은 10대와 이어폰을 꽂고 무심히 걷는 20대 초반 커플, 셀카봉을 들고 이리저리 포즈를 바꾸는 외국인 관광객 무리의 리듬이 살아 움직였다. 그 사이에 우리가 아니 내가 있으니까, 잘 맞춰진 멜로디에 불협화음처럼 껴 있는 기분이었다.

"얘들아, 우리 아직 괜찮나 봐. 20대래."
"그러니까 말이야. 기분도 좋은데 우리 한잔 더하자."
"그럴까?"

서연과 연지는 요란하게 웃으며 떠들어댔다. 취기 때문인지 표정은 더 과장돼 보였고, 웃음소리가 컸다. 그들의 세계는 자연스러웠지만, 나는 계속 그 경계 밖에 서 있는 기분이었다. 이전에는 느끼지 못했던 낯선 감정이었다. 이런 기분은 왜 드는 걸까. 자격지심일까. 한때는 같은 학교에 다녔고, 힘들거나 외로울 때마다 서로 다독여줬지만, 지금은 처지가 달라졌다. 어찌 됐든 한 사람은 직장을 다니고 있고, 또 한 사람은 나와 비슷한 것 같지만 왠지 달라 보였다. 앞날이 막막한 취준생은 나밖에 없는 듯한 느낌이었다. 그 차이는 손만 뻗으면 닿을 듯 한데, 끝내 닿을 수 없는 거리처럼 멀게 느껴졌다. 바로 곁에 있는 것처럼 가까운데, 이상하리만치 멀었다.

"저기, 저기로 들어가자."

연지가 까불거리며 움직이다가 한 간판을 가리켰다. 실내 포차였다.

"오키!"

호기롭게 외치는 서연을 뒤따라 포차 안으로 들어갔다. 그리고 내 기억은 딱 거기까지다. 이후, 무얼 더 먹었는지, 집에는 어떻게 돌아왔는지 기억이 없었다. 자다 말고 눈가를 만졌다. 술이 떡이 돼 들어와 잠든 날이면 습관적으로 하는 짓이다. 마스카라가 만져졌다. 앗, 또 씻지 않고 잠이 든 모양이다. 부스스 일어나 누워 있는 자리를 봤다. 그러고는 현관을 보니 급하게 들어왔는지 현관에 있어야 할 신발이 하나는 거실 바닥에 엎어져 있고 하나는 구석에 처박혀 있었다. 탁자 가까이에 던져져 있는 가방은 버스 안에서 입 벌리고 자는 사람처럼 벌어져 있었다.

"아, 얼마나 마신 거야."

머리를 헝클어뜨리며 기어서 싱크대 부근으로 갔다. 목이 너무 말랐다. 냉장고를 열어 반쯤 남은 콜라를 꺼냈다. 선 채로 콜라를 들이켜고 욕실로 들어갔다. 거울 속 내 모습은 볼만했다. 머리는 새집을 지은 듯 헝클어져 있었고, 눈가는 판다처럼 마스카라 자국이 얼룩져 있었다. 눈두덩이는 팅팅 부어 있고. 아, 도대체 어젯밤 내가 무슨 짓을 한 거야? 얼굴만 봐선 한바탕 울고 잔 것 같은데…… 왜 울었지? 울고 싶은 마음은 늘 한가득이라 굳이 이유를 알지 않아도 되지만, 기억에도 없는 시간에 운 내가 참 한심했다.

"아, 머리야. 아흐, 이놈의 술을 안 마셔야 하는데."

나는 지끈거리는 머리를 꾹꾹 누르다 화장을 지웠다. 푸석

푸석한 피부에, 퉁퉁 부은 눈. 이 정도면 30대가 아니라 40대처럼 보였다. 설마 피어 보지도 못하고 나이 드는 걸까?

"얘들아, 우리 보고 20대래. 아직 괜찮다니까."

가방 가게 앞에서 시시덕거리며 좋아했던 연지와 서연이 떠올랐다. 그때 왜 기분이 씁쓸했지? 20대란 말이 너무 낯설게 다가와서 그런 건가? 그보다는 20대로 보인다는 말에 좋아할 나이가 됐다는 게 서글펐다. 한때 분명 나도 20대였다. 그때는 모든 것이 가능하게 느꼈었다. 마음만 먹으면 원하는 건 다 해낼 수만 있을 것 같았다. 하지만 나의 20대는 이제 흔적도 없이 사라지고, 좀 더 책임감 있게 무언가를 해내야 할 것 같은 30대로 넘어와버렸다.

서른이 넘으면 인생이 달라질 줄 알았다. 모든 게 안정되고, 더는 흔들리지 않을 줄 알았다. 그런데 여전히 불안하고, 갈팡질팡하고, 아직도 나 자신을 모르겠다. 시간은 흐르고 나이는 쌓이지만, 마음은 아직도 어설픈 20대에 머물러 있는 나는, 도대체 어디로 가고 있는 걸까. 내 인생 이대로 괜찮은 걸까.

5

차라리 도망가고 싶어

안녕하세요. 한국문화예술교육진흥원 채용 담당자입니다.
귀한 시간 내시어 이번 채용에 지원해주셔서 감사합니다.
한정된 인원을 선발하는 관계로 도연희 님과 함께 일할 기회가 안타깝게도 닿지 않았습니다. 비록 이번 채용을 통해 좋은 인연으로 함께하지는 못하지만……

첫 번째 메일을 열었을 때, 가슴이 조용히 내려앉았다. '안타깝게도'라는 단어가 화면에 선명하게 박혀 있었다. 눈을 질끔 감아 버렸다. 찔끔 삐져나오려는 눈물을 애써 참고 눈을 떴다.

"괜찮아. 아직 두 번 더 남았잖아."

나는 이렇게 다독이며 재빨리 화면을 닫았다.

그리고 두 번째 메일을 받았다. 열기도 전에 손끝이 떨리면서 호흡이 거칠어졌다. 심호흡하고 조용히 메일함을 열었다. 이번에도 결과는 같았다. 순간적으로 심장이 털썩 주저앉았다. 누군가 배를 한 대 친 것처럼 속이 울렁거렸다. 그래도 아직 희망을 버리기엔 이르다며 애써 나를 타일렀다. 남은 한 군데까지 보고 절망해도 늦지 않을 거라며 메일을 삭제했다.

이틀이 지났다. 노심초사 결과를 기다리다, 마지막 메일을 받았다. 메일 알람이 떴을 때 마음은 둘로 나뉘었다. 열어 보고 싶은 마음 반, 영원히 열어 보고 싶지 않은 마음 반. 결국 마지막 메일을 확인했고, 그 순간 기대는 완전히 무너졌다. 모든 것이 무의미해진 듯 허탈함이 쓰나미처럼 밀려왔다. 머릿속이 새하얘지고 심장이 천천히 가라앉았다. 쓰리 펀치를 맞고 링 바닥에 누운 것처럼 온몸에서 힘이 빠져버렸다. 바닥을 바라보며 멍해졌다. 이제 나는 어떻게 살지? 내게 희망이라는 게 있는 걸까?

결국 기다리고 기다렸던 채용 합격 소식은 한 군데도 없었다. 모두 짠 듯 '안타깝지만'이란 말을 넣어 메일을 보냈다. 아빠 생신 전까지 어떡하든 좋은 소식을 가지고 가고 싶던 마음이 완전히 무너져 내렸다.

'이대로 죽어 버릴까?'

불현듯 죽고 싶은 마음이 마른 들에 퍼지는 들불처럼 삽시간에 퍼져나갔다. 그 속도가 어찌나 빠른지 당장에라도 죽지 않으면 안 될 것 같은 마음이 들었다. 그래, 이대로 살아서 뭐 하겠나. 이 정도면 세상 모두 나 같은 인간은 필요 없다고 대놓고 압박을 주는 건 아닐까. 이럴 줄 알았다면 그냥 아빠가 원하는 대로 살걸. 별정직이라도 그냥 참고 견디며 살걸. 왜! 왜! 내가 원하는 삶을 살고 싶다며 큰소리쳤을까?

눈을 감았다. 눈앞이 캄캄했다. 이 캄캄한 어둠이 어쩌면 내 미래가 아닐까 싶으니 울고 싶어졌다. 쪼르르 한 줄기 눈물이 볼 위로 흘러내렸다. 그때 핸드폰 진동이 울렸다. 서연이었다.

"연희야! 나 됐어!"

한껏 들뜬 서연의 목소리가 수화기를 뚫고 나왔다.

"돼? 뭐가?"
"뭐긴 뭐야, 취직이지. 왜 내가 가고 싶다고 했던 그 회사 있잖아? 거기 됐다니까. 계약직이기는 하지만."
"아… 추… 축하해."

타이밍 한번 기막히다. 하필 이 시점에 서연에게는 좋은 소식이 있었다.

"아, 뭐야? 왜 이렇게 힘이 없어?"

"그… 그게 몸살이 나서 누워 있었거든. 미안해. 서연아, 진짜 축하해."

"고마워. 다른 사람은 몰라도 넌 지금 내 마음 알지? 네가 축하해주니까 진짜 기분 좋다."

"알지. 정말 다행이다."

지금 그 마음, 내가 너무 잘 안다. 너무 잘 알아서 문제였다. 그래서 마음이 아렸다. 생마늘 몇 개를 한꺼번에 씹어 넘긴 것처럼 위에 통증이 밀려왔다. 이제 내 주변엔 취업을 못 한 사람이 거의 없었다. 마지막까지 남은 의지처였던 서연도 나와는 다른 세계에 닿아 가고 있었다. 그 사실을 깨달은 것만으로도 모든 게 달라진 것 같았다. 서연에게는 시작이었지만, 내게는 마지막 불빛이 꺼지는 것처럼 느껴졌다. 누군가는 그 문을 열고 나아갔고, 누군가는 그 문이 닫히는 소리를 들으며 조용히 뒤에 남겨졌다.

"힘내. 너도 금방 될 거야. 어, 전화 들어온다. 나중에 또 전화할게."

서연이 서둘러 전화를 끊었다. 다행이었다. 더 붙잡고 있었더라면 어쩜 난 말하다 말고 울었을지도 모른다. 질끈 눈을 감았다. 더는 아무것도 생각하고 싶지 않았다. 모든 것이 끝났다는 마음이 들어 세상 끝에 서 있는 것처럼 암담했다. 창밖을 멍하니 바라봤다. 멀리 가로등 불빛이 번지고 있었다. 문득, 저 불빛이 꺼진다면 세상은 어떻게 보일까 싶었다. 아니, 내 존재가 꺼지면 세상이 나를 기억이나 할까?

책상 서랍을 열었다. 예전에 썼던 다이어리가 보였다. 처음으로 면접을 보고 기대에 부풀어 있던 날 다이어리에 써놓은 문장이 보였다.

'이번에는 될 것 같아!'

헛웃음이 새어나왔다. 그때의 나는 몰랐겠지? 그 이후로 몇 번을 더 떨어질지를. 그냥 끝내고 싶었다. 이 모든 불안, 초조함, 끝없는 좌절. 다음번에는 또 다른 회사가 나를 거절할 테고, 나는 또 이렇게 무너질 테니까. 다시 일어설 자신이 없었다.

손을 무릎 위에 올려놓고, 깊이 고개를 숙였다. 심장이 이상하리만치 천천히 뛰었다. 어둠이 조금씩 더 깊어지는 것 같았다. 이렇게 살아서 뭐 하지, 이 생각이 계속 머릿속을 둥둥 떠다녔다. 실행에 옮기려면 어떻게 해야 하나? 하지만 막상 그다음을 상상하려 하니 머리가 새하얘졌다. 숨을 크게 들이쉬었다. 아무 생각도 안 나게.

완연한 봄밤이었다. 거리는 고요했고, 바람은 살짝만 스쳐도 피부에 온기를 남겼다. 천변 가로등 불빛이 노란 타원형으로 바닥을 비추고, 저 멀리 편의점 간판이 도드라져 보였다. 나는 편의점을 향해 천천히 걸음을 옮겼다. 꼬리에 꼬리를 무는 생각을 잘라내기 위해 술이 필요했다.

막 편의점 문을 열고 안으로 들어갈 때였다. 무심코 왼편으로 고개를 돌리는데, 트레이닝복을 입은 중년 부부가 홍남교 아래쪽으로 천천히 걸어가는 게 보였다. 눈에 띄는 건 없었다. 서로 말도 없었고, 표정도 무심해 보였다. 그런데 이상하게도 그 평범한 모습이 마음을 건드렸다. 별일 없는 하루를 함께 걷는 그들의 일상이 묘하게 내 마음을 출렁이게 했다. 편의점 문손잡이를 잡고 있던 손이 멈췄다. 나는 잠시 그 자리에서 서서 그들이 사라지는 방향을 바라봤다. 천변에나 가볼까. 불현듯 그저 걷고 싶어졌다.

"들어가실 건가요?"

누군가 등 뒤에서 말했다. 깜짝 놀라 돌아보니 한 여자가 편의점을 가리켰다. 나는 얼른 한쪽으로 비켜섰다. 여자가 안으로 들어가고, 나는 다시 홍남교 아래로 내려가는 길을 바라봤다. 편의점을 등 뒤로 하고, 그 방향으로 걸음을 옮겼다.

홍남교 아래로 내려가자, 물가에 비친 불빛과 어둠 속에서도 선명한 봄꽃들이 보였다. 잔잔한 물결 소리와 함께 봄밤 특유의 부드러운 공기가 폐 깊숙이 스며들었다. 가벼운 조깅을 즐기는 사람들과 나란히 걸으며 소곤소곤 대화를 나누는 연인도 보였다. 어떤 남자는 이어폰을 끼고 리듬을 맞추며 달려가기도 하고, 누군가는 강아지를 데리고 산책하기도 했다.

그 사이를 나도 걸었다. 걸음을 옮길 때마다 발끝에 바람이 스쳤다. 그렇게 홍제천을 따라 걷고 걷다 보니, 사람들의 움직임이 하나둘 눈에 들어왔다. 한쪽에서는 중년 남성이 작은 스피커를 차고 혼자 리듬을 맞추며 걷고 있었다. 반대편 벤치에서는 한 여성이 스마트폰을 보며 조용히 무언가를 적고 있었다. 가끔 밤하늘을 올려다보며 생각에 잠기는 듯했지만, 이내 다시 화면 속으로 집중했다. 또 다른 쪽에선 강아지 두 마리가 서로 목줄이 엉킬 정도로 뛰어다녔다. 주인은 연신 웃으며 그들을 쫓아갔다.

나는 천천히 숨을 들이켰다가 내뱉었다. 공기 속에 풀과 꽃이 뒤섞인 봄밤의 냄새가 온몸으로 퍼져나갔다. 생각보다 기분이 좋았다. 걸음을 옮길수록, 어딘지 모르게 가슴속이 간질거렸다. 멍하니 주변의 것들을 보는데 문득 그 모든 것에 나는 섞이지 못함을 느꼈다. 그런데도 묘하게 따뜻한 기분이 들었다.

저들은 이 길을 무슨 생각으로 걷고 있을까? 저마다 다른 이유로 걷겠지? 누군가는 운동을 위해, 누군가는 생각을 정리하기 위해, 또 누군가는 그저 밤공기를 마시며 시간을 흘려보내기 위해. 그렇다면 나는 어떤 이유로 이 길을 걷고 있는 거지?

답은 알 수 없었다. 하지만 걸음을 멈출 생각도 없었다. 이 밤은 그저 길이 끝나는 곳까지 가고 싶었다. 그렇게 주변의 움직임을 따라 천천히 앞으로 걸었다. 그때였다.

"어."

나도 모르게 외마디 소리를 내며 비켜섰다. 한 여자가 아슬아슬하게 내 곁을 비켜 지나갔다. 난 그 여자의 뒷모습을 멍하니 바라봤다. 군살 하나 없이 매끈한 몸매는 탄탄해 보였고, 포니테일로 묶은 긴 머리는 발랄하게 찰랑거렸다. 뒤태에서 섹시함이 뚝뚝 떨어졌다. 게다가 움직일 때마다 주변까지 퍼지는 활기란! 내 마음이 출렁 움직였다.

"우와, 대박 멋지네!"

입에서 감탄이 나왔다. 그 순간, 갑자기 내 몸이 근질근질했다. 깊이 생각할 겨를이 없었다. 난 그냥 앞으로 달렸다. 한 발짝 두 발짝, 발바닥에 힘을 주며 달렸다. 밤공기가 폐로 밀려 들어왔다. 한 번, 두 번, 세 번. 거칠게 숨을 들이마시자, 가슴이 바늘로 쿡쿡 찌르듯 아파왔다. 그렇게 얼마간 달리자 발바닥은 땅에 끌리는 듯했고, 몸이 전혀 앞으로 나아가지 않는 기분이었다. 좀 전에 내 앞을 지나가던 여자는 무척 가벼워 보였는데. 운동 안 한 지 오래된 내 몸뚱이는 내 맘대로 되지 않았다. 하지만 멈추지는 않았다. 멈추는 순간, 더 이상 아무것도 하지 못할 것 같았다. 그래서 달렸다. 달리면서 속이 점점 더 뒤틀렸지만 그래도 달렸다.

어느 순간 더는 못 달리고 멈췄다. 숨이 차올라 어지럽고, 목이 타들어 토가 나올 것 같았다. 온몸은 저릿저릿, 다리는 내 몸이 아닌 것처럼 떨렸다. 흐느적거리며 몸을 구부렸다. 거친 숨을 몰아쉬며 무릎을 짚었다. 땅이 아득하게 느껴졌다.

잠시 멈춰 있던 나는 다시 일어섰다. 그리고 천천히 앞으로 달려 나갔다. 또다시 달리자 얼마 못 가 숨이 턱끝까지 차올랐다. 내 체력이 이렇게까지 저질이었나 싶어 절로 한탄이 나왔다. 하지만 오기로 조금 더 달렸다. 주변엔 아무도 안 보였다. 헉헉! 거친 숨이 터져 나오고, 이내 코끝이 찡해지더니 눈물이 볼 위를 타고 내렸다. 손등으로 눈물을 닦았다. 하지만 자꾸만 눈앞이 흐려 어둠 속 길이 뭉개져 보였다.

"끄윽끄윽."

잘 버티고 있던 수문이 터진 것처럼 울음이 터져 나왔다. 그 소리는 어느새 봄밤 속으로 퍼져나갔다. 그리고 그간 내 안에 힘겹게 있었다는 듯 밤공기를 휘젓고 다녔다.

한바탕 난리굿을 치듯 달리고 나자 기분이 묘했다. 달리다 말고 바닥에 주저앉을 만큼 힘이 들었는데, 뭔지 모르게 가뿐해졌다. 온몸에 흐르는 땀과 눈물로 얼룩진 얼굴이 그다지 창피하게 여겨지지 않았다. 꽉 막힌 가슴도 더는 답답하지 않았다. 나는 집으로 가기 전 원래 가려던 편의점으로 걸음을 옮겼다.

"어서 오세요."

딸랑, 소리와 함께 야간 알바생의 인사 소리가 유난히 경쾌하게 들렸다. 난 알바생에게 얼굴을 보이고 싶지 않아 돌아보진 않았다. 대신 뚜벅뚜벅 주류 냉장고 앞으로 걸어가 문을 열었다. 무얼 마시지? 다른 건 몰라도 지금 이 기분을 조금이라도 오래 유지할 수 있는 걸 마시고 싶었다. 문을 열어놓고 캔맥주 하나하나에 눈을 맞췄다. 역시 이런 기분엔 내가 제일 좋아하는 맥주를 마시는 게 좋겠지?

블랑1984 캔맥주 하나를 꺼냈다. 손가락에 닿는 차가운 느낌이 마시기 전인데도 왠지 시원했다. 이 기분이라면 분명 서너 개는 마실 수 있을 것이다. 하지만 더는 캔을 꺼내지 않았다. 그것만으로도 오늘 밤은 충분할 것 같았다.

달리기의 맛

어떤 연예인이 그랬다지, 다이어트하는 사람들에게. 아는 맛인데 굳이 그걸 꼭 먹어야 하느냐고. 얼핏 들으면 맞다! 이미 아는 맛인데 굳이? 그렇게 생각할 수는 있다. 하지만 딱 한 번이라고 해도 강렬한 경험을 하게 되면, 그때부턴 좀 달라진다. 아는 맛이 세상 그 무엇보다 강하고 무서워지는 법이다.

 그날 밤 한밤중 달리기는 내게 꽤나 짜릿한 경험을 선사했다. 모든 게 무너져 내리는 듯한 절망감에 삶의 끈을 놓아버릴 생각이었는데 그러지 못했다. 도리어 마지막의 마지막까지 견뎌보자는 마음이 들어버렸달까? 그래서 마지막 한 모금 남은 맥주를 입안에 털어 넘기면서 결심했다. 죽는 대신 달리기를 계속해보자고! 《시작하기엔 너무 늦지 않았을까?》를 쓴 작가 벨라 마키도 말하지 않았던가. 최악의 상황에서 결국 자신을 살린 건 상담이나 약보다 달리기였다고.

처음 달린 다음 날에는 여느 날보다 눈이 일찍 떠졌다. 간밤에 달리기 때문인지 다리엔 살짝 근육통이 있었다. 하지만 생각보다 많이 피곤하지 않아 좀 의아했다. 순간 어떻게 할까? 고민됐다. 평소라면 다시 이불을 뒤집어쓰고 잠들거나 핸드폰을 들여다보기 시작할 것이었다. 그러고 나면 오전 시간은 순삭으로 사라지겠지.

하지만 오늘은 달랐다. 어떤 의지나 의식 없이 몸이 일어나졌다. 물론 그 틈으로 더 자고 싶은 유혹이 살짝 뒤따르기도 했지만, 분연히 일어났다. 그런 날 있지 않나? 마음이 가벼워지면서 몸이 빠릿빠릿해지는 날. 딱 그런 날이었다.

나는 휘딱 침대를 정리한 후 창문을 열었다. 활짝 열린 창문으로 홍제천의 맑은 공기가 훅 밀려들어 왔다. 바람결이 꽤 상쾌했다. 순간 산 정상에 오른 것처럼 환호성을 지르고 싶어졌다.

"야호!"

창가에 선 채로 팔을 쭉 뻗어 올려 크게 심호흡했다. 오랜만에 아침다운 아침을 맞이하는 기분이 들었다. 곧 욕실로 가 양치하고 물을 한 잔 마셨다. 몸이 조금 더 깨어나면서 하루를 맞이할 준비를 마친 기분이 들었다. 그러자 꼭 내가 갓생러가 된 것같이 뿌듯했다. 기왕 갓생러가 된 김에 바로 운동복으로 갈아입었다. 어젯밤에 결심한 대로 오늘부턴 달리기를 매일 해볼 참이다. 신발장에서 가장 가벼운 운동화를 꺼냈다. 그러곤 바닥에 앉아 운동화를 신는데 기분이 묘했다. 이제 겨우 한 번 한 달리기가 내게 좋은 변화를 줄 것 같은 기분이 들었다.

집 밖으로 나간 난 홍남교가 아닌 집 앞 정자 쪽 길로 내려갔다. 오르내리기 좋은 계단이 있어 굳이 홍남교 쪽으로 갈 필요가 없을 것 같았다. 계단을 내려가며 나란히 지어진 두개의 정자를 돌아봤다. 누가 관리하는지 모르지만 비교적 깨끗했다. 상태를 보니 확실히 사용자가 있긴 한 모양이다. 정자 기둥에 의자를 끈으로 묶어둔 것이 보였다. 그걸 보니 아직 오지 않은 여름이 기다려졌다. 밤에 연지와 서연과 함께 이곳에서 치킨에 맥주 마시면 끝내줄 것 같았다.

"물론, 취업하면…"

속으로 중얼거리려던 말이 입 밖으로 튀어나왔다. 이놈의 무의식. 역시 내 안엔 취업이 최우선이었다. 급하니 그 맘이 자동으로 튀어나오곤 했다.

몸을 풀기 시작했다. 알고 있는 동작이 많지 않아 슬렁슬렁 발목 한 번 돌리고, 허리 한 번 돌렸다. 그러는 사이 내 곁을 스쳐 지난 사람들이 늘어 몸 푸는 걸 멈췄다. 아무래도 일단 뛰는 게 나을 것 같았다. '오늘은 어디까지 가지? 모르겠다. 어딜 가든 끝까지 포기하지 않고 달려보는 거야!'

나는 호기롭게 걸음을 떼 앞으로 달려 나갔다. 마음이 가벼우니 몸도 당연히 가벼울 거라 생각했다. 그래서 바람처럼 달려 벌처럼 쏘는 것까진 아니라도 가볍게 달릴 줄 알았다. 그런데 어라? 이건 뭔가 핀트가 빗나갔다. 마음과 달리 발소리가 쿵 탁! 쿵 탁! 들렸다. 어젯밤 어둠 속에서 달릴 때보다 더 크고 둔탁했다. 헉헉, 거친 숨소리가 금세 주변으로 퍼져나갔다. 이건 예상치 못한 반응이었다. 다리도 생각보다 무거웠다. 뭐지? 겨우 이 정도 달리고 힘들다고? 이 추세라면 연가교까지도 무리일 것 같았다. 어떻게 해야 하나? 그냥 멈추고 걸을까? 잠깐 갈등 하고 있을 때였다. 경쾌한 발걸음 소리가 들리나 싶더니 누군가 내게 말을 걸었다.

"처음엔 다 그래요. 하지만 조금만 더 가면 달리기의 마법이 찾아오니 참고 달려보세요."

모르는 남자였다. 뛰는 폼이 나보다 훨씬 가볍게 달리는 것 보니 오래 달려본 사람 같았다. 그런데 모르는 사이에 이렇게 말이 쉽게 나올 수 있나? 나는 의아한 표정으로 남자를 쳐다봤다.

남자는 대수롭지 않다는 듯 싱긋 웃으며 한쪽 팔을 들어 올렸다.

"파이팅!"

파이팅을 외친 남자는 재빨리 몸을 돌려 앞으로 달려 나갔다. 그 속도가 놀라울 정도로 빨랐다. 보기엔 천천히 달리는 것 같았는데, 금세 나와 거리가 벌어졌다. '별꼴이야'라고 나는 속으로 중얼거렸다. 마법이라니. 말도 안 된다고 생각하는데, 이상했다. 그 말이 자꾸만 머릿속에 맴돌았다. 그 때문이었다. 힘들어도 조금만 더, 조금만 더 해 보자는 마음으로 발을 뗴었다.

그러자 신기한 일이 일어났다. 숨이 점점 안정되더니, 무거웠던 다리도 어느새 리듬을 찾았다. 몸이 가볍게 앞으로 나아갔다. 그러고 나니 더 이상 힘들다는 생각이 들지 않았다. 힘들더라도 더 뛸 수 있을 것 같았다.

이게 달리기의 마법인가? 목표한 만큼 뛴 건 아니지만, 포기하고 싶던 마음은 사라졌다. 오히려 멈추고 싶지 않았다. 나는 계속 달렸다. 세상엔 내 발소리와 심장박동 소리만 선명했다. 그 순간 깨달았다. 이 시간이야말로 오롯한 내 시간이라는 걸.

달리기 시작한 지 일주일쯤 됐을 때 몸은 확실히 반응했다. 매일 5분씩 더 늘려뛰는 마음으로 뛰었는데, 이게 생각만큼 쉽지는 않았다. 숨이 턱까지 차올라 금방이라도 심장이 터질 듯한 첫날을 지나니, 나중엔 지금껏 한 번도 제대로 의식해본 적 없는 곳들이 하나씩 얼굴을 드러내듯 아파 왔다. 발목 안쪽, 무릎 옆 라인, 엉덩이와 허벅지 사이 어딘가, 심지어 팔 흔드는 각도에 따라 어깨 뒤쪽까지 욱신거렸다. 마치 '여기, 나 있어요' 하고 신호를 보내는 것처럼 존재감을 드러냈다.

하지만 그런 식으로 존재를 드러내는 몸의 부위들을, 어떻게 달래줘야 하는지 전혀 몰랐다. 달리기에 대해 유튜브에서 찾아본 건 그때부터였다. 부상 없이 오래 하려면 기본적인 것들을 알아둬야 할 것 같았다.

유튜브를 켜 검색어에 달리기를 쳤다. 그러자 동시에 연관 검색어엔 '빨리 달리는 법', '달리기할 때 듣는 음악', '달리기 자세', '달리기 효과', '달리기 전 스트레칭' 등이 줄줄이 떴다. 하지만 그중에 지금의 내 궁금증을 해결해줄 만한 검색어는 없었다. 그래서 글자 하나를 더 붙여보기로 했다. '부상'이라는 글자를 추가해서 검색했다. 그러자 곧바로 '달리기 부상 방지하는 단순한 동적 스트레칭'이 보였다. 망설임 없이 톡, 손끝으로 화면을 터치했다.

"와!"

입이 떡 벌어졌다. 1초도 걸리지 않아 이 주제만 가지고도 여러 러너의 콘텐츠가 줄줄이 올라왔다. 달리지 않았을 땐 있는지도 몰랐던 콘텐츠를 보니 새삼 신기했다. 이렇게 세상은 넓고 내가 모르는 건 여전히 많다 싶으니 어쩐지 마음 한구석이 조용히 뜨거워졌다. 일단 제일 호감이 가는 콘텐츠 하나를 클릭했다.

여러분, 달리기하기 좋은 계절이 돌아왔죠? 자, 그렇다면 달리기 전 꼭 해야 하는 게 뭔지 아시나요? 네, 바로 동적 스트레칭입니다. 그냥 스트레칭 말고 움직이면서 하는 스트레칭이에요. 이게 왜 중요하냐고요? 워밍업 없이 달리면 근육이 놀랍니다. 심하면 부상까지 옵니다. 특히 무릎, 햄스트링, 발목 쪽은 준비 안 되면 뚝! 하고 말이죠. 그럼 어떻게 하냐? 아주 간단합니다. 지금부터 제가 하는 동작 5가지만이라도 따라 해 보세요. 달리기에도 도움이 되지만, 부상도 막아 줍니다. 그럼, 지금부터 따라 해 볼까요?

난 유튜브를 보다 말고 자리에서 벌떡 일어났다. 거치대에 핸드폰을 놓고 바로 유튜버가 하는 동작을 따라 했다. 발목 돌리기부터 시작해서 종아리 들어 올리기, 다리 차기, 무릎 들어 올리기, 런지 자세에서 상체 비틀기 등 한 번도 해본 적 없는 스트레칭 동작들을 따라 하다 보니 그것만으로도 숨이 찼다. 그리고 몸에 열이 올라왔다. 이제 보니 스트레칭만으로도 운동이 꽤 됐다.

"오, 좋은데?"

따라 하기만 해도 몸이 달라진다는 게 확실히 느껴졌다. 그러자 몰랐을 땐 몰라서라지만, 알고 나니 이것저것 더 알아보고 싶어졌다. 이번엔 폼롤러로 마사지하는 법을 알아봤다. 폼롤러야말로 모든 운동 끝에 반드시 해야 할 마사지라고 호통치는 유튜버 때문에 시작했는데, 마사지하면서 알았다. 통증을 느끼지 못했던 부위마저도 비명을 지르는 바람에 내가 여태 제대로 풀어 주지 못했다는걸. 그런데 이 모든 것을 하고 나니 뭔가 뿌듯했다. 모르는 세계를 탐색하고 난 후의 보람 같은 것이 느껴졌다. 그러고 보면 달리기는 달리는 것도 좋지만, 달리기에 대해 알아가는 과정도 좋았다. 새삼 이 좋은 걸 이제야 알았다는 게 안타까울 정도였다.

이틀 정도 미세먼지와 초미세먼지 때문에 달리지 못했다. 그런데 아침에 일어나자, 공기에 완연한 봄 향기가 느껴졌다. 어디선가 꽃향기가 희미하게 코끝을 스치고 지나가자, 가만히 있을 수가 없었다. 그래서 얼른 운동복으로 갈아입고 천변으로 나갔다. 며칠 전에 배운 스트레칭을 하면서 오늘의 목표를 정했다. 저번보다 조금이라도 오래 뛰는 것! 그렇게 정하고 나자, 의욕이 났다.

천천히 발걸음을 떼었다. 어떻게 할지는 모르겠지만 조금은 더 가볍게, 일정한 리듬을 유지하려 노력했다. 그래서일까? 몸이 며칠 전보다 덜 빡빡하게 느껴졌다. 그러자 주변의 풍경이 하나씩 들어오기 시작했다.

연가교 가까이 가자 작은 징검다리 근처에 어린이집 아이들이 노는 게 보였다. 오리들은 물 위를 떠다니고, 강아지와 함께 달리는 사람도 보였다. 생동감 있다는 게 바로 이런 걸까? 이 시간, 이곳에 나오지 않으면 볼 수 없는 풍경들이 나도 살아 있다고 말해주는 것 같았다. 점점 숨이 차올랐다.

"아, 힘들어."

여전히 해결되지 않은 취업 문제를 떠올렸다. 아빠 생신 때까진 기어코 취업하겠다고 마음먹은 후로, 매일 조급했다. 그러니 취업에 더 집착했고, 집착하다 보니 불합격이라는 결과에 깊이 좌절했다. 아직도 갈팡질팡 헤매고는 있지만 문득 이런 생각이 들었다. 삶이라는 건 계속되는 좌절 속에서도 앞으로 나아가는 게 아닐까. 달리는 동안 더 이상 못 달릴 것 같다며 포기하려던 순간은 많았다. 그런데 지금 이렇게 달리고 있다.

힘들다고 투덜댔던 내 몸이 연가교를 지나 사천교에 이르렀다. 눈을 들어 사천교 위로 놓인 고가도로를 빠르게 달리는 자동차와 홍제천 변 산책로를 저마다의 이유로 오가는 사람들을 봤다. 저들 각자의 삶은 치열하겠지. 다만 그 사실을 본인만 알 뿐.

"아, 달리기가 이런 거구나!"

달리기 전에는 한 번도 생각해보지 않은 것들을 달리는 동안엔 나도 모르게 생각하게 되었다. 가만히 걷기만 했더라면 절대 몰랐을 감각이다. 그 생각을 하자 뭔가를 이루지 않았어도, 누군가에게 인정받지 않아도, 단지 달리는 것만으로도 충분한 느낌이 온 가슴으로 차고 올라왔다. 아, 이 시간이야말로 나와 가장 친밀하게 만날 수 있구나.

나를 만나는 일은 언제든 가능하다고 생각했다. 그런데 달리면서 나를 만나는 일은 어딘가 달랐다. 홀로 남겨진 방 안에선 비관적이라면, 달리면서 나를 만나는 일은 낙관적이었다. 막연하더라도 희망이란 걸 품고 싶어졌다.

"계속 달려보자. 계속!"

목표한 대로 저번보다 조금 더 달린 후에 달리기를 마쳤다. 편의점으로 가서 이번에는 이온 음료를 샀다. 땀을 많이 흘려 목이 몹시 말랐다. 뚜껑을 열고 한 모금 목 안으로 넘겼다. 꿀꺽꿀꺽, 목 넘김 소리가 맥주를 마실 때보다 더 경쾌했다. 달리기 끝에 마시는 음료가 이렇게 맛있었다니. 새삼 달리는 맛이 짜릿했다.

한번 맛 들인 달리기는 뒤늦게 친해진 친구 같았다. 처음엔 낯가리느라 거리를 두었던 친구가 서서히 단짝이 된 느낌. 그러다 어느덧 절친이 돼 언제든 찾아가면 만날 수 있는 친구처럼 내가 필요로 할 때면 만나줬다. 그리고 힘까지 듬뿍 줬다.

그렇다고 달리는 동안 힘들지 않은 건 아니었다. 놀랍게도 달리기는 달릴 때마다 컨디션이 달라졌다. 그게 신기했다. 달리는 장소도, 시간도 같은데 내 몸은 달랐다. 어떤 날은 이보다 더 가벼울 수 없단 생각이 들 정도로 몸이 가뿐한가 하면, 어떤 날은 몸에 추 하나를 달고 뛰는 것처럼 무거웠다. 그럴 때면 내게 속삭였다. 어쩌면 삶이나 달리기나 일희일비하지 않아야 하는 것은 마찬가지라고. 일희일비 대신에 묵묵히 앞으로 나아가는 게 중요하다고.

달리기 시작한 지 20일 정도 지났을 무렵, 익숙한 코스를 벗어나고 싶은 충동이 일었다. 늘 달리던 방향 대신 반대쪽, 성산교 방향이 아닌 홍련교 쪽으로 발길을 돌렸다. 그 길은 성산교 방향과는 사뭇 다른 분위기였다. 성산교 방향은 오가는 사람이 많고 하천의 물 흐르는 소리까지 활기차고 생동감 있는 반면, 백련교 방향은 오가는 사람이 다소 적어 조용했고 흐르는 물소리도 잔잔하게 귓가를 간질였다. 마치 성산교는 생의 박동을 따라 뛰는 길처럼 느껴진다면, 홍련교를 지나 홍제폭포까지 이르는 길은 침묵 속으로 스며드는 것처럼 느껴졌다.

달리는 만큼 땀이 이마를 타고 흘러내렸고, 땀이 흐른 만큼 기분도 상쾌해졌다. 그리고 뛰는 거리가 늘면서 몸이 가벼워졌고, 다리도 탄력적으로 움직였다. 그러자 느닷없이 한 번도 생각하지 않은 욕심이 났다. 기록을 단축시키고 싶었다. 대체 무슨 자신감인지 시간을 한 번 확인하고 나서 조금 더 속도를 냈다. 타닥타닥, 바닥에 내딛는 발소리에도 속도감이 느껴졌다. 하지만 바로, 그 순간이었다. 오른쪽 발목이 삐걱 소리를 내더니 순식간에 휘청였다. 비명도 채 지르지 못한 내 몸은 바로 균형을 잃고 앞으로 넘어졌다.

"앗!"

손을 뻗어 바닥을 짚었지만, 이미 늦었다. 쾅! 무릎이 바닥에 부딪히며 날카로운 통증이 온몸을 훑었다. 숨이 턱 막혔다.

무릎을 감싸쥐며 그대로 앉아 버렸다. 곧 따끔한 통증이 퍼지며 뼛속까지 욱신거렸다. 손을 떼고 보니 무릎에서는 선명한 피가 흐르고 있었다.

"아이구, 아가씨 괜찮아요?"

어디선가 걱정 어린 목소리가 들려왔다. 폭포를 지나던 한 할머니가 나를 내려다보며 말을 걸었다. 쪽팔려서 어디 쥐구멍에라도 숨고 싶었다. 나는 애써 태연한 척 한마디 했다.

"괘… 괜찮습니다."

땅을 짚고 일어서려는데 발목이 욱신거렸다. 천천히 일어나 발을 내딛는 순간, 또다시 날카로운 통증이 몰려왔다. 다리에 힘이 빠져, 그대로 주저앉을 뻔했다.

"아이고, 많이 다쳤나 보네."
"아, 괜찮아요. 감사합니다."

민망하고 창피한 마음에 서둘러 넘어진 자리에서 일어났다. 하필이면 오가는 사람이 많은 홍제폭포 앞에서 넘어지다니.

사람들이 힐끔거리는 것 같아 고개를 들지도 못하고 절뚝절뚝 걷는데, 걷는 동안에도 발목과 무릎이 아팠다. 아무래도 조짐이 안 좋았다. 그대로 집으로 가기는 힘들 것 같아서 '카페 폭포' 근처에 있는 화장실로 향했다.

'아, 씨. 이거 타박상이 아닌 것 같은데…'

화장실 세면대 앞에서 다친 부위를 살피는데 영 심상치 않아 보였다. 피가 스며든 곳은 물로 씻어내고, 살짝 부은 듯한 부위를 눌러봤다. 여전히 아팠다. 한숨이 절로 새어 나왔다. 역시 객기는 아무나 부리는 게 아니었다.

화장실에서 나와 집 방향을 바라봤다. 언제 집까지 가나 한숨짓다가 무심코 왼편을 바라봤다. 평소 눈여겨보지 않았던 작고 아담한 건물이 보였다. '폭포책방 아름인 도서관'이란 곳이었다. 통유리로 만든 공간이라 안이 훤히 들여다보이는데, 창가에 몇 사람이 책을 보고 있는 모습이 보였다. 내 발걸음이 자석에라도 끌려가는 듯 스르르 그쪽으로 향했다. 어차피 지금 걷기엔 무리라 조금 쉬었다가 집에 가는 것도 나쁘지 않을 것 같았다.

출입문을 열고 안으로 들어갔다. 창가엔 아까 밖에서 봤던 것처럼 세 사람이 앉아 책을 보고 있었다. 난 안을 살피면서 자리에 앉아 있는 사람들을 힐끔힐끔 쳐다봤다. 양쪽 젊은 사람

사이에 앉아 있는 머리가 희끗한 70대 할머니가 내 눈길을 끌었다. 옅은 화장기에 아웃도어 차림이었는데 소설을 읽고 있었다. 뭔지 모르게 굉장히 멋있어 보였다. 나도 나이 들어서 저렇게 우아하게 도서관 다니면서 책 보며 살 수 있을까?

나오려는 한숨을 지그시 누른 채 서가 쪽으로 갔다. 절뚝절뚝 걸으며 책등의 제목을 눈으로 훑었다. 이렇게 책이 많은데, 내가 읽은 책은 거의 없었다. 어렸을 적엔 하루가 멀다 않고 도서관에서 책을 빌려 와 읽었는데, 어쩌다가 이렇게 살고 있는지. 다친 다리도 다리지만 그냥 나 자신이 한없이 작게 느껴졌다. 책을 고르다 말고 창가에 있는 의자로 가 앉았다. 유리창 너머로 시원하게 떨어지는 폭포수가 보였다. 잠시 멍하니 폭포를 보며 숨을 골랐다. 한 줄기 물줄기에도 마음이 풀리는 걸 보니, 그동안 꽉 막힌 채 살아왔던 게 분명했다. 아랫배를 부풀리며 깊이 호흡을 들이마셨다가 내쉬었다. 그 순간만큼은 다친 다리도 아무렇지 않게 느껴졌다.

집으로 돌아오자마자 다시 발목을 확인했다. 한눈에 봐도 아까보단 더 부어 있었다. 절뚝거리며 수건으로 냉찜질했다. 욱신거림이 조금 나아지는 것도 같았다. 그사이 인터넷으로 검색해보았다. 아픈 부위와 통증 증상을 자세히 쓰자, 이런 글이 나왔다. '발목 염좌, 최소 2~3주 안정 필요.'

"휴우."

맥이 탁 풀렸다. 폭포책방에서 조금이나마 위로받았던 마음이 금세 되돌아와버렸다. 러닝을 시작한 지 얼마나 됐다고 이런 일이 생기나 싶어 한숨이 났다. 이제 겨우 달리기를 하면서 일상을 회복하고 있었는데. 도대체 왜 이렇게 되는 일이 없는 걸까? 뭐 좀 해 보려면 무슨 마가 낀 것처럼 방해받는다. 그나저나 병원에 가야 하나? 설마 이 정도로 병원에 가는 건 아니겠지?

그 생각을 하자 그간 달리면서 애써 만들어놓은 긍정심이 순식간에 사라졌다. 그리고 긍정심이 사라진 자리엔 바로 원래 자기 자리인 듯 부정심이 떡하니 자리잡았다.

짜증 나!

7
예상치 못한 만남

다음 날, 자고 일어나자 온몸이 찌뿌둥했다. 다친 다리 상태는 그냥 보기에도 좋지 않았다. 상처가 난 무릎은 소독해서 아물었지만, 그 주변으로 든 옅은 회색과 보랏빛 멍은 조금 더 선명해져 있었다. 문제는 발목이었다. 부은 티가 팍팍 났다. 차라리 어제라도 병원에 갈걸 했나 하는 후회가 밀려왔다. 나는 주섬주섬 일어나 병원에 갈 준비를 했다.

집에서 대충 옷을 갈아입고 가까운 병원으로 향했다. 제대로 걸을 수 없는 바람에 짧은 거리임에도 택시를 불러 탔다. 돈도 못 벌면서 택시비에 병원비까지. 입에서 나오는 건 한숨밖에 없었다.

연희삼거리에 있는 정형외과로 갔다. 오전 중인데도 병원 안은 진료를 기다리는 사람들로 가득 차 있었다. 접수하고 대기실 의자에서 멍하니 앉아 순서를 기다리는데, 30분 정도나 지났을까, 간호사가 내 이름을 불렀다. 진료실 문을 열고 들어가자, 의사가 절뚝거리며 자리에 앉는 내게 물었다.

"언제 다치신 건가요?"
"어제요."
"어디 한번 볼까요? 그런데 어쩌다가 다쳤나요?"

달리다 다쳤다고 하자, 의사가 내 얼굴을 한번 살피고는 띵띵 부어 있는 발목과 까인 무릎도 봤다. 이어 정강이를 따라 이어진 상처와 무릎 주위 발목까지 조심스레 손끝으로 눌렀다.

"여기 아프세요?"
"네, 조금."
"여기는요?"

의사가 발목을 꾹 누르는 순간, 나는 반사적으로 '윽' 하고 신음을 내뱉었다. 의사가 고개를 끄덕이며 말했다.

"인대에 무리가 간 것 같네요. 다행히 심하게 찢어지진 않은 것 같고, 단순 염좌(삠)로 보이는데 그래도 일단 엑스레이 한

번 찍어봅시다."

나는 다시 간호사를 따라 엑스레이실 앞에서 대기했다. 트레이닝팬츠를 입은 덕에 따로 탈의할 필요는 없었다. 몇 분 기다리지 않아 내 차례가 됐다. 나는 간이침대에 올라 바지를 걷어 올렸다. 선뜩한 느낌이 썩 좋지 않아 기분이 별로였다.

엑스레이 촬영 후 조금 지나 진료실로 다시 돌아갔다. 그동안 의사는 필름을 들여다보다가, 내가 앉자 설명을 시작했다.

"골절은 없지만, 발목을 지탱하는 인대 쪽에 염증이 생겼어요. 일단 당분간 달리기는 무리입니다. 한 일주일 정도 쉬면서 얼음찜질하고, 물리치료도 받으면 좋을 것 같아요."

아! 내 입에서 짧은 탄식이 흘러나왔다. 심상치 않은 건 느꼈는데 이런 결과가 나올 줄은 몰랐다. 나도 모르게 미간이 살짝 찌푸려지면서 울상이 지어졌다. 이제 조금 달리기 맛을 알 것 같았는데, 중단해야 한다니. 입맛이 썼다.

"저기, 근데 선생님! 저는 언제쯤 뛸 수 있을까요?"

의사가 살짝 놀란 눈으로 고개를 갸웃했다. 이 와중에 달릴 생각을 하는 내가 낯설었지만 궁금했다.

"당분간은 무리하지 않는 게 좋을 것 같아요. 발목은 한번 문제가 생기면 완전히 회복될 때까지 시간이 좀 걸리거든요. 일단 회복될 때까지는 조심하시고, 서서히 운동 강도를 높이는 게 좋아요. 급하게 뛰다가 다시 다칠 수도 있습니다."

나는 알아들었다는 뜻으로 고개를 끄덕였다. 진료를 마치고 병원 밖으로 나왔다. 봄 햇살이 눈이 부실 정도로 화사했다. 눈을 들어 가만히 하늘을 쳐다봤다. 예전에 누군가 암 진단을 받고 병원 밖을 나서는데 그날따라 유난히 맑은 날씨 때문에 서러웠다는 말이 떠올랐다. 왠지 그 기분이 뭔지 알 것 같았다. 비록 난 그 정도로 큰 병은 아니지만, 조금 움트기 시작한 희망의 새싹이 꺾인 기분이 들었다.

집으로 가야 하는데 걸음이 떨어지지 않았다. 갈 길을 잃어버린 사람처럼 한동안 망연해졌다. 어떡해야 하나? 속으로 생각하며 건너편을 바라봤다. 그때 맞은편 도로 골목 안에 레트로 감성의 카페 하나가 보였다. 봄 햇살에 어울리게 벽 전체가 노란색이라 멀리서도 눈에 띄었다. '저기나 갈까?'

압박 붕대로 칭칭 감아놓은 발목을 바라봤다. 병원에서 나올 때도 불편했던 터라 조금 걱정이 됐다. 하지만 설마 조금 걸는다고 문제가 되는 건 아니겠지? 난 집으로 갈 택시를 잡는 대신에 횡단보도 쪽으로 천천히 걸었다. 걸을 때마다 욱신욱신했지만 참을 만했다. 이대로 집으로 가면 발목이 아니라 마음에 문제가 생길지도 모른다.

카페는 겉과 안이 거의 비슷한 느낌이었다. 부드러운 노란빛이 공간을 포근하게 감싸고 있어 아늑했다. 천장에는 싱그러운 초록 식물들이 걸려 있고, 나무 선반에는 앤티크 찻잔과 빈티지 소품이 가득했다. 게다가 문을 열자마자 콧속으로 파고드는 은은한 커피 향은 가격을 볼 때까지는 향기롭게 느껴졌다.

난 절뚝거리며 카운터로 갔다. 달콤한 크림을 잔뜩 얹은 음료를 마시고 싶었으나 손가락은 제일 싼 아메리카노를 가리켰다. 음료를 주문하고 창가 자리에 앉았다. 손때 묻은 나무 테이블 위에는 낮은 조도가 감도는 조명이 켜져 있어 가만히 들여다봤다. 그러다 무심코 건너편 자리를 봤다. 20대 초반쯤 돼보이는 여자가 테이블 위에 핸드드립 커피와 크루아상을 놓고 핸드폰으로 사진을 찍고 있었다. 그런데 찍은 사진이 마음에 안 드는지 몇 번을 찍고 들여다보기를 반복했다. 마음 같아선 '제가 찍어드릴까요?'라는 말이 나올 뻔했다. 하지만 난 처음 보는 사람에게 그 말을 할 정도로 대담하진 않았다.

곧 내 커피가 나와 물끄러미 커피를 바라보다가 다시 여자가 있는 쪽을 바라봤다. 그때 여자와 눈이 마주쳤다. 그녀는 잠시 뭔가를 생각하는 듯하더니 내게 말했다.

"혹시 사진 좀 찍어주실 수 있을까요?"

살짝 당황스럽긴 했지만, 대답 대신 고개를 끄덕였다. 난 자리에서 일어나 여자에게로 갔다. 핸드폰을 건네받은 후에, 커피잔의 위치를 살짝 바꾸고, 빛이 가장 잘 드는 쪽으로 그녀를 앉게 했다. 그런 후 카메라앱을 켜 설정을 조정했다.

"손에 커피잔을 살짝 올리고, 눈은 바깥을 보시고요. 좀 웃으시면 더 예쁠 것 같아요."

찰칵. 나는 빛이 부드럽게 그녀의 얼굴을 감싸는 순간에 셔터를 눌렀다. 그런 후 몇 장의 사진을 더 찍었다.

"확인해보세요."

내가 핸드폰을 건네며 말했다. 그러자 핸드폰을 받아 든 여자는 사진을 바로 확인했다. 사진을 한 장씩 넘기는 표정이 점점 더 밝아지는 게 보였다.

"우와, 이거 저 맞아요? 완전 감성 샷인데요?"

"맘에 드신다니 다행이에요."

"감사합니다. 혹시 사진 전문으로 찍으시는 분이세요?"

그녀가 함박웃음을 지으며 물었다.

"아니요. 그냥 제가 사진에 관심이 많아서 워낙 많이 찍다 보니까 그래요."

난 생긋 미소를 지은 후 다시 내 자리로 갔다. 그냥 하는 말이라고 해도 기분은 좋았다. 사실 사진 잘 찍는다는 말은 서연과 연지한테도 자주 듣는 소리였다. 똑같이 찍어도 내가 찍을 때와 둘이 찍을 때가 늘 달랐다. 그 탓에 두 사람이 찍어준 내 사진은 건질 게 없어도, 두 사람은 내가 찍어준 사진을 언제나 마음에 들어 했다.

그사이 먹기 좋게 식은 커피를 한 모금 마셨다. 아까까지만 해도 부상 때문에 기분이 나빴는데, 누군가 웃는 얼굴을 보고 나자 마음이 조금 풀렸다. 어쩌면 누구에게라도 내가 필요한 사람이 되었다는 것에 기뻤는지도 모르겠다.

다친 지 사흘째, 물리치료를 받기 위해 병원에 갔다. 오가는 시간도 그렇지만, 택시비까지 들이려니 속이 쓰렸다. 그래도 지금은 빨리 낫는 게 급선무라 미룰 수 없었다. 오늘도 온찜질에 초음파 치료 그리고 테이핑까지 하고 나올 때였다. 엄마한테 전화가 왔다.

"연희야, 너 아빠 생신 때 오는 거 맞지?"
"생신?"

아빠 생신이라는 말에 병원 벽에 붙어 있는 전자시계를 봤다. 4월 13일이었다. 다치고 난 후 날짜를 생각 안 하고 살았더니 벌써 이렇게 시간이 흘러버렸다.

"뭐야? 너 아직 차표도 안 끊은 거야?"
"아, 그게 엄마⋯ 실은 나 조금 다쳤어."
"다쳐? 어디가? 왜?"

다쳤다는 말에 놀란 엄마가 연거푸 물었다. 어떻게 말해야 할지 머리를 굴렸다.

"크게 다친 건 아니고, 발목을 삐어서 걷기가 좀 힘들어."
"어쩌다?"

"그, 그게. 달리기하다가. 근데 걱정할 정도는 아니고, 그냥 무리해서 걸으면 안 된다고 해서."

여기까지 대답하고 나자, 감이 왔다. 아무래도 엄마와의 통화가 길어질 것 같았다. 나는 밖으로 나가려다 말고, 대기실 의자로 가 앉았다.

"아니 무슨 달리기를 어떻게 했기에 그러는 거야?"

어떻게 설명해야 할지 몰라 뜸을 들이는데, 엄마는 내가 대답하기도 전에 말을 쏟아내기 시작했다. 혼자 살면서 다치면 안 되는데 다쳐서 어쩌니 하다가, 칠칠치 못하게 다치기는 왜 다쳤느냐, 그렇게 조심 좀 하지, 했다가 아빠가 상욱이 합격 파티도 한다고 잔뜩 들떠 있는데 어쩌냐 하면서 주절주절 늘어놨다.
그럴 것이다. 안 봐도 뻔했다. 아빠한테 동생의 공무원 시험 합격은 그 무엇에 비할 수 없는 기쁜 일일 테니까.

"발목 다 나으면 한번 시간 내서 갈게요. 아빠한테 잘 이야기해주고."

엄마가 뭐라고 대답하기 전에, 서둘러 통화를 마쳤다. 그런 후 숙였던 고개를 들었다. 때마침 물리치료실 문이 열렸고 그 안에서 한 남자가 나왔다. 한눈에 봐도 균형 잡힌 체격을 가진 남자였다. 어깨는 넓되 과하게 부풀지 않았고, 팔과 종아리엔 선명한 근육 선이 드러났다. 햇볕에 그을린 듯한 피부와 날렵한 턱, 깊게 팬 눈가를 보니 건강미가 느껴졌다. 어디서 봤더라? 이 동네에 아는 사람이 있는 것도 아닌데, 남자 얼굴이 꽤 낯익었다. 고개를 갸웃하며 기억을 되살리다가 남자와 눈이 딱 마주쳤다. 잠깐, 남자의 눈동자가 내게로 머물렀다. 저 남자도 나를 아는 건가?

"설마 벌써 부상을 당한 건가요?"

지금 저 말을 나한테 하는 거? 재빨리 내 주변을 돌아봤다. 혹시 내 옆에 있는 누군가에게 묻는 건가 싶었다. 하지만 저 멀리 구석에 떨어져 앉아 있는 사람 빼고는 주변엔 아무도 없었다. 그렇다면 부상당했냐고 물어보는 사람이 나란 뜻이었다.

"저한테 하시는 말씀인가요?"

내가 물었다.

"네, 맞습니다."
"혹시 저 아세요?"

아무리 생각해도 기억에 없는 남자였다.

"허허허. 기억 안 나시는구나. 하기야, 그럴 수 있죠. 근데 어디 다친 건가요?"

남자는 조금 머뭇거리는 듯한 얼굴로 질문을 던졌다. 목소리가 묘하게 낯익었다. 나는 그의 얼굴을 찬찬히 바라보며, 기억의 퍼즐을 맞춰보았다. 어디서 봤더라. 집 근처에서 봤나? 아니면 편의점? 설마 편의점에서 한 번 보고 알은체하는 건 아니겠지? 가만 집 앞 건너편에 있는 떡집에 사는 사람인가? 떡집을 지나가면서 저렇게 젊은 남자를 본 적은 없는데. 머릿속 기억저장소를 탈탈 털어서 되짚어봤지만 역시나 이 남자는 전혀 기억에 없었다.

"발목을 삐었어요."
"아, 역시! 그러시구나. 잠시만요. 저 수납 좀 하고 올게요."

남자가 작게 고개를 끄덕이고는 천천히 수납 데스크로 향했다. 걸어가는 모습을 보니 왼쪽 다리를 살짝 저는 게 눈에 들어왔다. 저 사람도 나처럼 다리를 다친 것 같았다. 어쩌다 다쳤는지는 모르겠지만 괜히 안되어 보였다. 사람 몸 어디든 다치면 불편한 건 마찬가지겠지만, 다리를 다치면 일단 움직이기 어려워서럽다.

"괜찮으시다면 차 한잔하실래요?"
"네?"

느닷없는 제안이라 놀란 눈으로 되물었다. 누군지도 모를 사람하고 차를 마시는 일이 얼마나 있으려나? 난 이 정체 모를 남자에게 어떻게 대답해야 할지 몰라 망설였다. 서울에선 눈 감으면 코 베어 간다며 조심하라는 농담도 있지만, 사실 보이스피싱이다 뭐다 세상 어디든 못된 짓 하는 사람은 수두룩해서 내키지 않았다. 한편으론 지금 상황에서 더 잘못될 일이 뭐 얼마나 있겠냐는 생각도 들었다.

"저 나쁜 사람 아니에요. 달리기하다가 부상 입은 거 아니세요?"
"네, 그걸 어떻게 아세요?"

뭐지? 저 남자 점쟁이인가? 내가 달리다가 다친 건 어떻게 안 걸까? 내 두 눈이 휘둥그레졌다. 이쯤 되면 약간 무서운 게 아니라 몹시 무서웠다. 처음 보는 사람이 다친 이유를 알고 있다니 소름이 확 끼쳤다. 설마 스토커?

"저 스토커 아니고요. 사실 저번에 달리시는 거 봤어요. 왜 달리실 때 처음엔 다 그렇다며 그래도 계속 해 보라고 말한 거 기억 안 나세요? 달리기는 마법이라고 말했는데…"
"아! 그… 그 아저… 아니, 그분. 설마 그분이세요?"

나는 진심 놀라 눈을 동그랗게 떴다. 그날은 비교적 어두웠고, 겨우 한 번 봤는데 나를 알아보다니. 이 사람 눈썰미가 장난 아니었다.

"달리기하시다 다친 것 같아서 달리기 선배로 해주고 싶은 말이 있어서요."
"아!"
"어떻게, 차 한잔하실래요?"

남자와 난 병원에서 나와 엊그제 혼자 갔던 카페로 갔다. 병원에서 가까운 이유도 있지만, 카페 안이 주는 묘한 안락함 때문이었다. 거기에 내 입에 딱 맞는 커피 맛이 생각났다.

"달리기는 어쩌다가 시작하신 거예요?"

테이블 위, 머그잔에서 피어오른 커피향이 남자와 나 사이를 오갈 때였다. 어색한 침묵을 먼저 깬 건 남자였다. 대답하기 전 남자 쪽으로 시선을 던졌다. 평범한 회색 셔츠에 탁자 위 가지런히 모은 투박한 손 그리고 무심한 듯하지만 묘하게 따뜻한 눈매.

"뭐, 그냥 어쩌다 보니까 하게 됐어요. 근데 왜 물어보세요?"
"별 이유는 없어요. 다만 혹시 도움이 될까 싶어서요."
"도움이요? 무슨 도움요?"

여기까지 순순히 따라온 건 난데, 자꾸만 내 입에서 날 선 대답이 나왔다. 도대체 나, 왜 이러는 거지?

"아, 다른 뜻은 없고요. 그냥 달리시는 모습을 보니 옛날 제가 생각나서요."
"……"

"사실 전 건강검진을 받고 달리기를 시작했거든요. 지금은 달리면서 뱃살이 다 빠져 괜찮지만, 30대 초반에 고지혈증에 고혈압 게다가 당뇨 전 단계라는 말을 들었어요."

"아!"

남자의 말에 나도 모르게 감탄했다. 남자 말마따나 지금은 살이 찌지 않은 날렵한 모습이라 과거의 모습이 상상이 잘 안 갔다. 오히려 구릿빛 피부에 탄력적인 몸 때문인지 건강해 보였다.

"사귀던 여자 친구와도 헤어졌고요. 살이 많이 찌니까 늘 피곤하고 만나면 사소한 일로 자주 싸우다 보니까 그렇게 되더라고요. 모든 게 엉망진창이 된 것 같았어요. 그때를 생각하면 엎친 데 덮친 느낌이랄까요."

잔잔히 흘러나오던 클래식 음악 소리에 남자의 목소리가 더 나긋나긋하게 들렸다. 그러다 문득 처음 보는 사람 앞에서 왜 저런 말을 할까, 생각이 들었다.

"여친도 잃고, 건강도 잃고. 이건 뭐 가진 것을 다 잃은 기분이라 어떻게 할지 모르겠더라고요. 그때 달리기를 만났어요."

잠시 말이 끊어졌다. 남자는 커피를 한 모금 마신 후 나를 봤다. 민망한 마음에 커피잔을 들어 입에 댔다. 커피 한 모금을 넘기고 나자, 남자의 말이 이어졌다.

"저는 달리기를 시작한 후 제2의 인생을 살고 있다고 볼 수 있어요. 올해로 3년째 달리고 있는데, 몸과 마음이 완전히 바뀌었어요. 그래서 초보 러너들을 보면 저도 모르게 도와주고 싶은 본능이 솟아나요."
"도와주고 싶은 본능이요?"
"네. 달리기하는 사람만 보면 오지라퍼가 돼 어떻게든 돕고 싶어지더라고요. 그래서 앞에 계신 분한테도 달리면서 말했던 거고요. 사실 천변에서 달리는 거 몇 번 봤어요. 처음보다 훨씬 잘 뛰는 걸 보고 조금 안심했는데, 오늘 병원에서 마주쳐서 깜짝 놀랐어요. 근데 어디를 다친 거예요?"

잠시 탁자 아래를 보던 남자의 눈길이 내 눈과 마주쳤다. 순간 얼굴이 확 달아올랐다. 누군가 나의 뛰는 모습을 지켜봤다고 하니 부끄러워졌다.

"발목 인대가 조금 늘어났대요."
"어쩌다가요?"

"그게, 속도를 내다가 발을 헛디뎌서."
"아하, 역시 그랬군요."

남자가 싱긋 웃었다. 그런 일쯤은 다 안다는 듯한 표정과 미소였다.

"근데 그쪽은 왜 병원에 오신 거예요?"
"저요? 참, 저는 그쪽이 아니고 이지훈이라고 합니다. 전 얼마 전에 마라톤에 나갔는데요. 서브 3하겠다고 속도 내다가 무릎에 이상이 와서 이렇게 됐습니다."

서브 3? 그건 뭐지?

"아, 서브 3가 뭐냐면요. 마라톤 풀코스를 3시간 이내로 뛰는 걸 말해요. 보통 풀코스가 42.195킬로미터라 3시간 이내로 들어오려면 평균 페이스가 4분 정도 되어야 하거든요. 페이스라는 건 1킬로미터를 뛰는 데 걸리는 시간을 말하는 거고요."

처음 들어보는 거리라던가 페이스란 말에 내 눈이 동그래졌다. 지금껏 나는 달리기만 했지, 속도와 거리 같은 건 아예 생각하지 않았었다.

"저는 그런 건 모르고 그냥 달리기만 했어요. 참 제 이름은 도연희예요."

"아, 연희 씨? 어? 그럼, 연희동에 연희 씨가 사는 건가요? 하하하."

제가 말해놓고도 멋쩍었는지 남자가 큰 소리로 웃었다. 나도 그 웃음소리 때문인지 피식 웃음이 새어 나왔다. 동시에 웃고 나자, 분위기가 좀 더 부드러워진 것 같았다.

"친구들도 그렇게 놀리긴 해요."
"죄, 죄송합니다. 놀리려고 한 건 아닌데."
"괜찮아요. 근데 마라톤을 자주 나가시나 봐요?"
"그게, 처음엔 달리기만 했는데 나중엔 기왕 달리는 거 대회 한번 나가볼까, 하는 마음이 생기더라고요. 그래서 시작했는데, 풀코스는 15번 정도 나갔어요. 근데."

지훈이 잠시 어물거릴 때 카페 안이 소란스러워졌다. 꽤 많은 아주머니들이 우르르 몰려들어 왔다. 우린 잠시 그들을 쳐다보다가 커피잔을 들어 커피를 한 모금 마셨다. 조금 후 소리가 잦아들자, 지훈이 입을 떼었다.

"사람 마음이란 게요. 뭘 하다가 보면 자꾸 '조금만 더' 욕심을 부리기 시작하더라고요. 저도 이번에 서브 3에 욕심내지만 않았더라도 이렇게 부상을 입지 않았을 거예요. 달리기 시작했을 때 초반에도 연희 씨처럼 발목에 문제가 생겨 한동안 못 달렸거든요. 그때 정말 힘들어서 가급적 욕심을 안 내려 했는데 이렇게 돼버려서 후회막급입니다. 그러니까 연희 씨 앞으로…"

탁자 위를 더듬고 있던 시선을 들어올려 지훈을 쳐다봤다. 지훈은 아까보다 훨씬 편한 표정으로 나를 바라봤다.

"되도록 욕심부리지 말고 달려보세요. 그럼 오래 즐겁게 달릴 수 있을 거예요. 그리고 달려봐서 아시겠지만, 달릴수록 달리기가 연희 씨 삶을 풍요롭게 해줄 거라 믿어요. 그리고 이것도 인연인데 혹시라도 달리기하면서 궁금한 것 있으면 언제든 연락 주세요."
"아! 네, 그럴게요."

요즘 같은 세상에 이런 식으로 번호를 따이는 게 좋을까 잠시 생각했지만 일단 고개를 끄덕였다. 지훈의 순박한 얼굴 어디에도 불순한 기운은 없어 보였다.

"참, 발목 다 나으면 저랑 한번 달리실래요? 제가 알고 있는 러닝에 대한 것들을 알려드릴게요."

"정말요?"

"그럼요. 아까도 말했지만, 이것도 인연이니까요. 달리기는 혼자도 좋지만, 같이 달려도 좋거든요."

이래도 되나? 하는 의문은 들었지만, 연락처를 주고받은 후에야 우린 헤어졌다. 어쩌면 이번 기회에 지훈을 통해 달리기를 더 잘할 수 있게 될지도 모른다.

체계적으로
연습하기

부상 이후에 달리기로 겨우 끌어 올려놨던 마음은 다시 바닥이 돼버렸다. 잠시 활기를 띠었던 몸도 제자리로 돌아갔다. 하필 다친 부위가 발목이라 거의 집 안에만 처박혀 있으니 어쩌면 당연한 일인지도 몰랐다. 매일 몸도 마음도 무거워 늘어가는 건 짜증과 한숨이었다. 모르긴 하지만 몸무게도 더 늘지 않았을까 싶다.

 종종 의지만 있다면 몸 아픈 것쯤이야 거뜬히 이겨낼 수 있을 것처럼 말하는 사람을 본다. 하지만 그건 반만 알고 반은 모르는 거다. 정말 독한 의지가 있는 사람이라면 모를까 그건 쉽지 않은 일이다. 그간 달리면서 깨달은 건, 몸과 마음은 하나라는 점이다. 몸에 문제가 생기면 마음은 곧바로 약해지고 심지어는 병든 것처럼 느껴졌다. 달릴수록 몸도 가벼워졌지만, 마음은 더욱 가벼워졌다. 그리고 달리기 전보다 달리면서 뭐든 더 긍정적으로 바라보게 되었다. 몸을 움직이면 마음을 움직이기가 수월했다.

치료받은 지 일주일이 됐다. 물리치료는 더 이상 오지 않아도 된다는 말을 듣고 집으로 돌아가는 길이었다. 상욱에게 문자가 왔다.

상욱 누나, 아빠한테 전화 한번 해.

휴. 심리적 거리감 때문일까? 아빠를 떠올리면 명치끝이 답답해지면서 한숨부터 나왔다. 뭐라고 답장해야 하나. 멍하니 상욱의 문자를 들여다보다가 딱 한마디 했다.

나   오키.

상욱에게 무슨 말을 하는 건 의미가 없었다. 어차피 이해하지 못할 거니까. 난 아주 간단하게 답하고 버스정류장으로 갔다. 이젠 발목 상태가 어느 정도 괜찮아 걸을 만했다. 살짝 발목이 시큰한 것 같아 조심스럽기는 하지만.

버스에서 내린 난 정류장에서 잠시 서 있었다. 요즘은 툭하면 길 잃은 사람처럼 길 한가운데서 멍 때리고 있을 때가 많다. 갈 데라곤 집밖에 없는 내가 한심하기도 하고 안타깝기도 했다. 그리고 울컥 짜증이 치솟아 홍남교 밑으로 향했다. 발목 상태도 확인할 겸 슬슬 걸어볼 생각이었다.

간만에 천변에 가니, 바람결에 실려 내려온 벚꽃잎들이 눈송이처럼 수면 위를 천천히 유영했다. 발밑엔 낙엽처럼 깔린 꽃잎들이 은은한 분홍색 융단처럼 펼쳐졌고, 둑길 옆으로는 개나리와 민들레가 줄지어 피어, 봄의 경계를 알렸다. 눈을 들면 가로수 사이로 햇살이 얼룩져 있었고, 그 틈마다 연두색 잎들이 반짝이며 인사를 건넸다.

"봄날이 가고 있구나."

나도 모르게 혼잣말이 시냇물처럼 흘러나왔다. 내가 못 본 사이 계절은 흐르고 나는 시든다고 생각하니 마음이 씁쓰름했다. 하지만 어떤 것도 막을 수 없는 것이 자연의 순리였다. 그러니 지금은 지금대로 만족할 수밖에.

천천히 산책로를 따라 성산교 방향으로 갔다. 한가로운 오후 햇살이 내 몸 여기저기 잠시 내려앉았다가 사라졌다. 햇살이 좋아서 그런지 오늘도 산책하거나 달리는 사람이 곳곳 눈에 띄었다. 물 위로 비치는 햇빛이 은은한 금빛으로 반짝여, 보고 있기만 해도 기분이 맑아지는 것 같았다. 문득 그냥 집으로 들어가지 않길 잘했구나 싶었다. 발목은 생각보다 나쁘지 않았다. 하지만 한동안 많이 걷지 않아 조금 걸었는데도 힘이 들었다. 나는 멀리 연가교 부근 농구대 옆에 있는 벤치를 향해 걸었다. 잠시 쉬고 싶었다.

드드득. 드드득. 막 벤치에 앉으려 할 때였다. 진동음이 들렸다. 서연의 톡이었다.

> **서연** 여기 계속 다녀야 하는 거냐? 말아야 하는 거냐?
> **연지** 왜?
> **서연** 아니 전임자가 그만둔 지 한참 지나서 내가 들어왔더니 아직 내 업무가 없어. 그래서 멍 때리다가 퇴근한다니까.
> **연지** 좀 지나면 더 쉬고 싶어도 못 쉬니까 지금 많이 쉬어둬.
> **서연** 첨엔 그런 생각을 안해 본 건 아닌데. 이게 길어지니까 짜증이 많이 나. 일을 배워야 나중에 써먹지.
> **연지** 난 요새 개힘듦 ㅠㅠ 할 일이 넘 많아서 만날 야근.

언제 끼어들 틈 없이 두 사람의 이야기가 이어졌다. 소외감을 느끼고 싶지 않은데 요즘 들어 두 사람과 이야기를 나눌 때마다 자꾸만 그런 마음이 들었다. 이게 자격지심이라는 걸까?

연지 오늘 한잔?

서연 그럴까? 근데 연희야, 넌 왜 말이 없어?

그러게, 난 왜 말을 못 할까? 왜 예전처럼 순서 없이 하고 싶은 말을 마구 하지 못하고 눈치를 보는 걸까?

연희 너네 둘이 열심히 얘기해서 난 관전하고 있었어.

서연 오늘 한잔 어때?

연지 홍대에서 볼까?

연희 나 발목이 다 안 나아서 못 나가. 오늘은 둘이 마셔.

너 없이 무슨 재미로 마시냐 마느냐란 말이 나왔지만, 결국 둘은 만나기로 하고 톡 방이 조용해졌다. 나도 벤치에서 일어났다. 친구들 눈치나 보고 있는 내가 한없이 초라하게 느껴졌다.

집 방향으로 가기 위해 왔던 길로 다시 걸음을 뗐다. 그러다가 문득 이 기분으로, 집으로 들어가고 싶지 않았다. 나는 다시 몸을 돌려 성산교 방향으로 향했다. 사천교를 지나 연남교 방향에 이르렀을 때였다. 맞은편에서 중절모를 쓴 할아버지가 목줄을 매지 않은 강아지와 함께 오는 모습이 보였다. 무심코 할아버지를 보다가 옆에 강아지를 쳐다봤다. 다리는 짧고 몸통이 통통한 강아지였는데, 뒷다리에 바퀴를 매단 채 부지런히 걸어오고 있었다.

"어머, 강아지가 바퀴를 찼어."

지나가던 아주머니가 강아지를 보고 외쳤다. 그 소리에 내 눈길도 강아지에게로 향했다. 강아지는 사고인지 아니면 원래 장애를 입고 태어났는지 모르겠으나 뒷다리 상태가 좋아 보이지 않았다. 그런데도 강아지는 열심히 걸었다. 어찌나 최선을 다하는지 발목이 조금 아프다고 엄살을 피운 내가 민망할 정도였다.

난 망설임 없이 계속 앞으로 갔다. 오늘은 그냥 조금 더 걷고 싶었다. 그렇게 천천히 정처 없이 걷다가 보니 성산천 아래 수변 무대 앞까지 갔다. 거기엔 평균연령 50대 이상으로 보이는 아주머니와 아저씨 몇 분이 보였다. 10명 가까운 사람이 모여 한 사람을 향해 몸을 돌려 서 있었다. 사람들이 보고 있는 사람은 자주색 개량 한복을 입은 50대 후반 정도의 여자였다.

"여러분, 지금부터 제가 하는 동작은 '심기 혈정'이라는 체조입니다. 이 체조는 마음과 에너지와 육체의 관계를 나타내는데요. 마음과 에너지와 육체는 각자 독자적으로 존재하는 것이 아니라 서로 계기를 이루면서 존재하는 의미가 있어요. 이 중 우선시되는 건 마음, 즉 의식입니다. 동작과 의식을 호흡과 일치시켜 우리 안의 통증점을 사라지게 해줄 거예요. 간격을 두고 제 쪽을 바라보며 서주세요."

기공을 가르치는 선생인 듯한 여자의 뒤를 보니 분홍색 현수막 하나가 보였다. 현수막엔 성산천 국학기공교실 운영이라는 큼지막한 글자가 보였다. 난 그들 뒤쪽에 있는 관람석 자리로 가 앉았다. 어떻게 할지 궁금했다. 곧 국악이 흐르고 지도 선생이 동작을 시작했다. 두 손 맞잡은 팔을 위로 쭉 올려 손바닥이 하늘을 향하게 했다. 그러곤 양쪽 옆구리를 늘려가며 스트레칭 비슷하게 했다. 딱 봐도 그다지 어렵지 않은 동작들이라 과연 효과가 있을까 싶을 정도로 보였다. 그래서 한번 따라 해보기로 하고 일어서 팔을 뻗어 올렸다. 그때였다.

"어? 연희 씨?"

화들짝 놀라 소리가 나는 쪽을 쳐다봤다. 헤어밴드와 고글을 낀 채 반바지차림으로 뛰고 있는 지훈이 보였다.

"아, 지훈 씨!"

난 엉겁결에 지훈을 향해 손을 흔들었다. 지훈이 달리기를 멈추고 천천히 다가왔다. 운동으로 달아오른 그의 얼굴엔 땀이 반짝였고, 숨을 고르면서도 미소를 짓는 걸 잊지 않았다.

옥탑방의 얇은 지붕 위로 빗방울이 떨어질 때마다 콩 볶는 소리가 들렸다. 후드득, 후드득. 처음에는 가늘게 속삭이듯 떨어지더니, 점점 속도를 올리며 리듬을 만들었다. 그 리듬감 때문일까? 마음이 안정되면서 어느새 까무룩 잠이 들었다.

아침에 일어나보니 간밤의 비가 언제 내렸냐 싶게 조용했다. 한동안 미세먼지로 뿌옇기만 했던 주변 풍경이 말끔해져 칙칙했던 마음마저 환해졌다. 나는 창문을 한껏 열어놓고 방 안도 숨 쉬게 했다. 한동안 창문을 열지 못하고 있던 터라 창문을 열어놓은 것만으로도 상쾌함이 느껴졌다.

간단히 방 안을 정리한 후 욕실로 갔다. 양치질과 세수를 하고 선크림을 발랐다. 그러곤 립글로스를 들었다 놨다, 다시 들었다. 선크림만 바르고 나가기엔 어딘가 허전했다. 결국 잘 익은 수박 속살을 닮은 촉촉하고 투명한 붉은빛 립글로스를 발랐다. 역시 입술에 이 정도 생기는 있어야지. 남자를 만나는 데 너무 민낯으로 가는 게 신경 쓰였다. 그렇다고 그 사람에게 잘 보이고 싶어서 그런 건 아니었다. 그냥 오랜만에 친구들 말고 남자 사람을 만나자니 온갖 게 신경이 쓰였다.

며칠 전이었다. 성산교 아래 수변 무대에서 기공체조에 넋을 빼고 있을 때 지훈을 만났다. 늘 그렇지만 지훈은 매번 우연히 만나는 거라 놀라웠는데 이번엔 반갑기도 했다. 병원에서 만나고 다시 만나는 거라 서로 다리 상태도 궁금했다.

"이제 발목 괜찮은 거예요?"

지훈이 물었다.

"네, 많이 괜찮아졌어요. 지훈 씨도 무릎 괜찮나 봐요?"
"저도 좋아졌어요. 그래서 이렇게 달리는 중입니다. 저기, 그럼, 이번 주말에 만나서 같이 한번 달리실래요?"
"주말에요?"

나는 생각지도 않은 제안에 눈이 동그래졌다. 느닷없는 제안이라 선뜻 대답하기가 망설여졌다.

"혹시 약속 있으세요?"

내가 대답하지 않자, 지훈이 내 눈치를 살폈다.

"그럼 같이 달려요. 제가 연희 씨 달리는 것 보면서 혹시 조언할 것 있으면 해드릴게요."

아마, 그 말 때문인 것 같다. 내가 달리는 모습을 보고 조언해준다는 그 말. 그 말을 듣는 순간 확 마음이 흔들렸다. 지금까지 많이 달린 건 아니지만, 때때로 누군가 내가 모르는 걸 알려주면 좋겠단 생각을 품은 적이 있었다. 그런데 이렇게 나타나서 제안해주니 귀가 솔깃했다. 난 잠시 망설였지만, 지훈의 제안을 받아들였다.
약속 장소인 홍남교 아래로 가니 지훈이 이미 와 있었다.

"빨리 오셨네요?"

10시 약속이라 10분 빨리 나온 건데, 지훈은 벌써 나와서 몸을 풀고 있었다.

"저도 조금 전에 왔어요. 천천히 몸부터 풀어보죠."

지훈이 한쪽으로 비켜서서 스트레칭을 시작했다. 나 혼자 할 땐 그냥 유튜브에서 본 몇 가지 동작으로 대충 몸을 풀었지만, 지훈의 움직임은 달랐다.
그는 발목을 천천히 돌리며 말했다.

"발목부터예요. 여긴 가장 먼저 삐끗하는 곳이라 조심해야 해요."

그가 손으로 자신의 발등을 가볍게 누르며 꺾어 보였다. 나는 그 동작을 따라 하다 균형을 잃고 비틀거렸다.

"잠깐만요."

지훈이 가까이 다가와 내 팔꿈치를 살짝 받쳐줬다.

"이렇게, 한쪽 손으로 벽이나 나무를 잡고 하면 돼요."

그의 손이 닿은 곳이 따뜻했다. 나는 고개만 끄덕이며 시선을 피해 발끝만 내려다봤다.

"이제 무릎이랑 허벅지, 여긴 좀 더 확실히 풀어줘야 해요."

그가 한쪽 다리를 접어 기역자 모양으로 만든 뒤, 고관절을 돌리는 동작을 보여줬다.

"고관절이 말썽을 많이 부려요. 여기, 이렇게 돌려줘야 해요."

나는 따라 하다 움직임이 어색해 멈칫했다. 그가 주저하다가 조심스럽게 다가왔다.

"괜찮으시다면, 잠깐만."

그가 내 옆에 선 채 무릎 위를 살짝 받치며 방향을 바로잡아줬다.

"고관절은 이렇게 바깥으로 원을 그리듯 돌려줘야 관절 주변이 풀려요."

지훈의 목소리는 낮고 부드러웠다. 나도 모르게 숨을 고르며 다시 동작을 따라 했다.

"마지막으로 상체 열어볼게요."

지훈이 양팔을 벌려 천천히 등 뒤에서 손을 깍지 꼈다.

"이렇게 손을 끌어내리면 어깨랑 가슴이 활짝 열려요. 해보실래요?"

나는 지훈이 시키는 대로 따라 하다 손이 잘 닿지 않아 몸을 비틀었다. 그러자 그가 웃으며 처음엔 잘 안 될 거라며 조금만 도와주겠다고 했다. 그런 후 내 등 뒤로 다가와 내 손을 살짝 접고 아래로 이끌었다.

"이렇게요. 숨 천천히 내쉬고요."

그의 손끝에서 느껴지는 미세한 온기에 심장이 괜히 두근거렸다. 몇 개의 동작이 끝났을 뿐인데, 이마에 땀이 맺혔다. 운동 때문인지, 지훈 때문인지 헷갈릴 정도였다.

"이렇게 예열을 잘해놔야 부상을 안 입어요. 연희 씨, 평소에 준비운동하고 달리셨어요?"
"음… 유튜브 보고 조금은 했는데, 이 정도까진 아니었어요."

"그럴 줄 알았어요. 저도 처음엔 그랬거든요. 근데 무릎 한 번 다치고 나선 달라지더라고요."

그가 나를 보며 웃었다.

"자, 이제 진짜 달려볼까요?"

지훈이 내 오른쪽으로 서서 걸음을 떼었다. 나도 그 발걸음에 맞춰 조심스레 달리기를 시작했다. 지훈은 서브 3를 준비할 만큼 잘 달리는 사람인데도 내 걸음에 맞춰 최대한 천천히 달렸다. 그게 미안해서 내가 속도를 조금 올렸다.

"헉헉."

그러자 금세 숨이 차 헐떡였다.

"연희 씨, 지금 힘드시죠?"
"아니요. 그냥 오랜만에 달려서 그래요."

나는 아닌 척 얼른 변명했다. 그러자 지훈은 의미심장한 미소를 짓더니 다시 말을 이었다.

"보통, 사람들은 빨리 달려야 달리기라고 생각하는 경향이 있어요. 근데 그게 아니에요."

"그게 아니라고요? 왜요?"

나야말로 지훈이 말한 보통 사람이라 방금 그가 한 말에 의아했다. 빨리 달리지 않으면 걷기지, 그게 달리기가 되나?

"달리기 속도는 딱 지금 우리처럼 옆 사람과 이야기를 나눌 정도가 가장 좋아요. 그게 유산소 운동이거든요. 사실 빠르게 달리기는 유산소 운동이 아니에요. 오히려 느리게 달리는 것이 유산소 운동이고, 단거리처럼 속도를 높이는 건 무산소 운동입니다. 그러니까 천천히 달리셔도 됩니다."

지훈이 내 얼굴을 보며 싱긋 웃었다. 벌써 콧등에 송골송골 맺힌 땀이 보였다. 얼른 내 코를 만졌다. 역시 땀방울이 만져졌다. 달린 지 얼마 되지 않은 것 같은데 그런 걸 보면 아까 준비운동이 충분히 예열해준 게 맞는 것 같다.

"연희 씨, 혹시 '존 투(Zone 2) 러닝'이라고 들어보셨어요?"
"존 투 러닝이요? 아니요. 그게 뭐예요? 헉헉."

한번 호흡이 거칠어져서 그런지 비교적 안정적인 지훈과 달리 내 호흡은 한마디만 해도 숨이 찼다. 지훈이 속도를 조금 더 낮춰줬다. 그러자 이건 뭐 거의 달리고 있다기보다 걷는 것 같은 수준이 됐다.

"존 투 러닝은 유산소 운동 중 하나예요. 아, 먼저 존 투가 뭔지 말해줄게요. 존 투는 미국 스포츠 심장학계에서 심박수 기반 운동을 총 5단계로 나눈 건데요. 말 그대로 두 번째 단계를 말해요. 운동 강도가 최대 심박수 60~70% 정도라 운동도 되지만 아주 쉬워요. 아마 지금 연희 씨가 뛰는 속도쯤 될 겁니다. 이 운동은 산소 섭취량을 높이고 체내 대사를 촉진해 체지방을 태우는 데 효과적이라 기본 체력을 향상하는 데 좋아요."

"아!"
"앞으론 지금 속도로 뛰시면서 시간을 늘려보세요. 시간을 늘리다 보면 자연스레 거리도 늘어날 것이고, 어느새 체력이 좋아져 있을 겁니다."

나는 묵묵히 앞만 바라보며 지훈의 말에 귀를 기울였다. 혼자 뛸 때 생각 없이 뛰었는데, 지훈이 하는 말을 듣고 있는 것만으로도 도움이 많이 됐다.

"사실 존 투로 했을 때 지방 연소도 많이 돼요. 운동 강도가 낮을수록 몸은 지방을 더 많이 연료로 사용하거든요. 강도가 낮을수록 산소를 충분히 공급받을 수 있어서 지방을 천천히 태워 에너지가 활발해져요. 부상 위험도 줄고요. 그리고 연희 씨도 달리면서 느꼈을지 모르겠지만, 천천히 달리면서 주변 풍경도 보고 상쾌한 공기를 들이마시면 심적으로 안정되잖아요? 그때 엔도르핀이 활성화된대요. 그래서 정신과에선 초기 우울증 환자에게 제일 먼저 달리기를 권한다고 해요. 달리다 보면 우울감이 많이 감소하거든요."

지훈의 말을 듣고 보니 처음 달리고 나서 왜 기분이 좋았는지 알 것 같았다. 그날 밤, 정말 내 기분은 최악이었고 더는 살고 싶지 않았는데 달리다 보니 그 기분이 슬며시 사라졌다는 것을 깨달았었다.

"그래서 전 힘들거나 우울하면 바로 달립니다. 달리다 보면 내 안에 있던 온갖 불순물이 싹 빠져나가는 느낌을 받거든요. 연희 씨도 앞으로 계속 달리시면 제가 하는 말이 무슨 말인 줄 이해하실 거예요. 그러니 힘들수록 많이 달리세요."

이상하다. 아직 한 번도 나에 관해 이야기한 적 없는데, 지훈은 마치 내 상황을 다 알고 있는 것처럼 말했다.

"맞다. 달리면서 어디까지 가 보셨어요? 혹시 한강 쪽으로 가보셨어요?"

"아니요."

"그럼, 오늘 한강까지 나가보는 거 어때요?"

"한…… 한강이요? 거기까지 멀지 않나요?"

한강까지는 아직 한 번도 가본 적이 없던 터라 조금 망설여졌다. 사실 발목도 괜찮을지 걱정되기도 했다.

"여기에서 가면 조금 거리는 되는데요. 가다가 정 힘들면 좀 걸어도 돼요. 가보시면 알겠지만, 도착하면 오길 잘했단 생각이 들 거예요."

살까 말까 할 땐 사지 말고, 할까 말까 할 땐 일단 하라는 말을 들은 적 있었다. 뭐든 하고 나면 그래도 남는 것은 있으니까. 마음이 왔다 갔다 했지만, 결정을 내렸다. 이번 기회가 아니라면 먼 거리라, 혼자서는 영영 못 갈지도 몰랐다.

"네, 가봐요."

내 대답에 맞춰 지훈이 손가락으로 동그라미를 만들어 보였다. 얼떨결에 일어난 일이라 잠시 얼떨떨했지만 되돌릴 수는 없었다. 나는 어느새 지훈의 걸음에 맞춰, 아니 엄연히 따지자면 지훈이 내 걸음에 발맞춰 달리고 있었다. 앞으로 나아갈수록 천변은 우리 뒤쪽으로 밀려났다.

9
백만 년만의 면접

'과연 내가 이 거리를 달릴 수 있을까?' 이런 질문은 하지 않았다. 가늠할 만한 데이터가 없으니 질문할 수도 없었다. 질문이 없으니, 답을 구할 필요도 없었다. 답이 없으니 망설일 이유도 없었다. 그저 앞만 보고 한 걸음 한 걸음 내달리기만 했다. 그러고 나서야 깨달았다. 질문이 없다는 것은 곧 선택의 부재를 의미한다는 걸. 어려서부터 답을 찾는 법은 배웠지만, 정작 질문하는 법은 배우지 않았다. 질문은 의심에서 비롯된다. 왜 그렇게 해야 하는지, 다른 길은 없는지 묻는 순간 기존의 틀을 벗어나게 된다. 그러나 사회는 질문보다는 순응을, 탐구보다는 따름을 요구한다. 질문이 부족했던 나는 흔히 말하는 기성세대의 조언과 기대에 휘둘려 살았다.

    나는 장녀로 태어났고, 집안의 귀한 딸이었다. 어른들은 나를 사랑해주었고, 그 사랑 속에서 자랐다. 하지만 남동생이 태어난 후 애정의 중심은 그에게로 옮겨 갔다. 그게 서운한 적도 있었지만 크게 작용하지 않은 건 아빠 때문이었다. 아빠는 동생보다 나를 더 사랑해줬고 기대도 내게 더 걸었다. 그렇기에 따로 아빠에게 질문하지 않았다. 왜 나는 이 역할을 해야 하는지, 왜 기대에 부응해야 하는지. 그저 주어진 대로 살았다. 그러나 이제 나는 안다. 질문은 곧 주체적인 삶의 시작이라는 것을. 나는 질문하지 않았기 때문에 내가 진정 원하는 것이 무엇인지 알지 못했다. 하지만 이제는 물을 것이다. 나는 어떤 삶을 원하는가? 어디까지 달릴 것인가? 무엇을 포기하고 무엇을 지킬 것인가?

"연희 씨, 오른쪽은 난지 한강공원이고, 왼쪽은 서울함 공원이 있는 합정 쪽이에요. 어느 쪽으로 가보실래요?"

성산 다리에 이르자, 지훈이 물었다. 양쪽으로 길이 나 있어 어느 쪽이든 선택해야 했다. 난 오른쪽으로 고개를 돌려 쳐다봤다가 다시 왼쪽으로 고개를 돌렸다. 양쪽 다 안 가본 길이긴 마찬가지라 선뜻 선택하기가 힘들었다.

"지금 계절에 어느 쪽이 더 가기 좋아요?"

내가 질문했다. 질문하지 않으면 내가 진짜 원하는 게 뭔지 모르니까.

"양쪽 다 좋기는 한데요. 오늘은 계절보단 누구와 달리냐가 중요하니까, 음, 난지 한강공원 쪽 어때요? 그쪽으로 가면 볼만한 조각상도 있고, 캠핑장도 있어서 구경하는 것도 재밌거든요."

나는 지훈의 대답에 팔을 오른쪽으로 뻗었다. 누구와 달리냐가 중요하다는 말에 살짝 심쿵하기도 했지만, 기왕이면 볼거리가 더 많은 곳으로 가고 싶었다. 지훈은 한껏 달아오른 검붉은 얼굴로 싱긋 웃으며 그 방향으로 몸을 돌렸다. 그리고 그 선택은 꽤 만족스러웠다. 저 멀리 넘실대는 한강 물을 직접 보는 것도 좋았지만, 지훈의 말대로 거울분수가 있는 곳엔 다채로운 조각상이 놓여 있었다. 탁 트인 하늘공원과 노을 공원을 보는 것만으로도 눈이 시원했다.

"이야, 정말 좋은데요?"

내 입에서 감탄이 절로 터져 나왔다. 처음으로 장거리를 뛰어서 몹시 힘들기도 했지만, 그만큼 기쁨은 컸다. 누군가 고통 끝에 맛보는 희열이야말로 강렬하다더니 내 기분이 딱 그랬다.

"오길 잘했죠?"

편의점에 들어간 지훈이 물을 사 와 건네며 말했다. 나는 빙그레 웃으며 말없이 고개를 끄덕여줬다. 뚜껑을 따 입안으로 물 한 모금을 넘겼다. 내내 달리느라 바짝 마른 입안에 물이 들어가자, 탄산 가득한 청량음료 못지않았다. 온몸으로 퍼지는 듯한 짜릿함이 죽어 있던 감각까지 깨우는 것 같았다. 꿀꺽꿀꺽 몇 모금을 급히 마시고 주변을 둘러봤다. 멈춰 서니 비로소 보이는 것들이 있었다. 온 세상에 퍼져 있는 늦봄의 생생함, 환한 햇살과 바람 그리고 제대로 돋기 시작한 연초록 나뭇잎과 풀들. 그 안에서 생동감 있게 걷고 달리는 사람들. 처음이었다. 있는 그대로의 자연의 아름다움을 느끼는 거. 아, 나 이런 것 좋아했구나! 몰랐다. 내가 뭘 좋아하고 싫어하는지. 그리고 무얼 할 때 행복하고 힘들어하는지. 달리기를 하니 그 사소한 것들이 내 손에 잡혔다. 내가 나를 만나는 일이 빈번해졌다.

지훈과 만나 달린 후에도 나는 거의 매일 달렸다. 취업 준비 외에 내가 할 수 있는 일은 달리기 말고 없었다. 아니, 달리기라도 해야 견디고 버틸 수 있었다. 적어도 달리는 순간만큼은 가슴을 짓누르는 취업에 대한 부담과 미래에 대한 불안감이 조금이라도 사라졌다. 그런데 오늘 보니 그것만 사라진 게 아닌 것 같다. 그간 차곡차곡 붙었던 살이 나도 모르는 사이에 나와 이

별하고 있었던 모양이다.

"응? 좀 달라 보이는데? 아닌가?"

세수하다 말고 거울 속 내 얼굴을 한참 들여다봤다. 거의 두 턱이 될 뻔한 턱선이 묘하게 달라져 있었다. 어딘지 모르게 슬림해진 것도 같고, 눈도 살짝 커진 것 같은 느낌도 들고. 설마 살 빠졌나? 이제 보니 뱃살도 아주 조금이나마 들어간 것 같은데…….

욕실에서 나와 침대 밑에 넣어놓은 체중계를 꺼냈다. 한동안 살이 쪄 쳐다보지도 않은 체중계에 올라갔다. 헉! 3킬로그램? 잘못 봤나 싶어 내려갔다가 다시 올라갔다. 역시나 몸무게는 3킬로그램이 빠져 있었다.

"뭐야? 미쳤네."

전혀 기대하거나 예상하지 못했던 일이라 놀랐지만, 기분은 좋았다. 이런 기분을 얼마 만에 느껴보는 건지. 흥얼흥얼 콧노래가 나왔다. 왠지 몇 군데 이력서 넣어둔 곳에서 좋은 소식 오는 거 아닐까? 기대도 됐다. 누군가 그랬다. 외모가 바뀌면 운도 바뀐다고. 처음 그 말을 들었을 땐, 이놈의 외모지상주의 뿌리가 깊다고 생각했다. 하지만 돌이켜 생각해보면 자기 몸은 자기가 제일 먼저 보고, 만족했을 때 자신감이 생기는 법이다. 그러니 그 논리가 아주 틀리지만은 않은 것이었다. 그때 핸드폰 진동이 울렸다. 연걸즈 단톡방이었다.

> **연지** 우리 얼굴 본 지 넘 오래된 거 아님?
> **연희** 그랬나?
> **서연** 백만 년 지난 것 같다. ㅠㅠ
> **연희** 그럼 오늘 볼까?
> **연지** 오, 연희 웬일? 좋아. 그럼, 오늘 보자.

어둠이 내려앉기 시작한 홍대 거리엔 LED 간판 불빛들이 무더기로 쏟아졌다. 그곳으로 발을 디디는 순간, 가슴이 두근거렸다. 노점에서는 갓 튀긴 간식 냄새가 바람을 타고 퍼졌고, 버스킹 무대 앞엔 사람들이 둥글게 모여 있었다. 오가는 사람들의 얼굴마다 환한 표정이 깃들어 있어 덩달아 기분이 좋아졌다. 그 순간만큼은 내가 이 도시의 일부가 된 것만 같았다. 모든 것이 빛나고, 모든 것이 가능해 보이는 밤. 약속 장소인 '와인 한 잔'으로 들어가자, 우리가 만나면 늘 앉는 자리에 있던 연지가 손을 흔들었다.

"여기!"
"빨리 왔네?"

나는 연지 맞은편으로 앉으며 말했다.

"마침 이쪽에서 미팅 있어서 끝나고 바로 왔지."
"서연이는 아직?"
"아이고, 누가 제 말 하는지 아나 보다. 저기 오는데?"

몸을 돌려 보니 서연이 활짝 웃는 얼굴로 우리 쪽으로 오고 있었다.

"오늘은 연걸즈 다 출동인 거야?"
"유치해. 출동이 뭐냐?"

서연의 말에 연지가 대꾸했다.

"왜 이러셔? 우리 아직 유치할 나이거든?"
"아, 그러셔? 그럼 계속 유치하든가."

간만에 셋이 모여 수다를 떨기 시작하자 별거 아닌 일로도 웃음이 새어 나왔다. 이럴 때 보면 확실히 사람은 사람을 만나며 살아야 한다. 거의 히키코모리처럼 집 안에서만 혼자 있다가 나오니 신세계에 와 있는 기분이 들었다.

"연지야, 연희 봐봐."
"왜?"
"뭔가 묘하게 달라진 것 같지 않냐?"

서연이 나와 연지를 번갈아 보며 말했다. 난 얼른 핸드폰 액정으로 내 얼굴을 비췄다. 액정 속 나는 늘 보던 나였는데 뭐가 달라져 보인다는 걸까?

"도연희, 너 혹시 살 빠졌어?"

서연이 드디어 뭔가 알아챈 듯한 어투로 물었다. 그러자 옆에 있던 연지가 손뼉을 탁 쳤다.

"그르네, 그래. 너 살 빠졌지?"
"티 나?"

내가 쑥스러운 듯 웃으며 되물었다. 그러자 두 사람은 역시 우리가 본 게 맞다며 호들갑을 떨었다.

"다이어트한 거야?"

내가 고개를 흔들었다. 그러곤 그냥 입 끝만 살짝 올라가게 미소를 지었다.

"뭐야? 울 애기 그럼 맘고생 하느라 이렇게 된 거야?"

서연이 울먹이는 표정을 지으며 혀 짧은 소리를 냈다.

"아니. 그건 아닌데. 그냥 빠졌어."
"야, 세상에 그냥이 어딨냐? 세상에 그냥 저절로 되는 건 숨 쉬는 거 말곤 없어. 좋게 말할 때 빨리 불어라."

서연과 연지가 내 쪽으로 바짝 다가와 물었다. 반짝반짝 빛나는 눈동자가 길냥이들이 먹이를 발견했을 때의 눈빛과 똑 닮아 있었다.

"나 요새 달리기해. 달리니까 이렇게 빠져 있더라. 진짜 좋아. 3킬로그램 빠졌어."

"대박. 달리기하면 살 잘 빠진다더니 진짠가. 나도 달리기 할까?"

서연이 그 어느 때보다 적극적인 반응을 보였다. 연지 또한 마찬가지였다. 살이 빠졌다는 말에 호기심 가득한 표정이 떠나질 않았다.

"근데 무릎은 괜찮아? 달리기하면 무릎 안 좋아진다고 하던데."

피식, 웃음이 새어 나왔다. 연지의 말에 지훈이 해줬던 말이 떠올랐다. 지훈이 몇 년째 뛰면서 가장 많이 듣는 질문이 바로 저 질문이라고 했다. '어떻게 하면 잘 달릴 수 있을까?'가 아니라, 미리 안 달릴 구실부터 댄다는 거였다. 난 두 친구에게 지훈이 해준 말을 했다. 그리고 그간 내가 달리면서 느꼈던 것들을 이야기해줬다.

"달리면서 나를 생각하는 시간이 느니까 뭐랄까? 명상하는 것 같아. 그리고 달리고 나면 알 수 없는 자신감이 생기면서 뭐든 할 수 있다는 생각이 들기도 하고."
"좋네. 그럼, 이 기분으로 취업까지 성공해버리는 거야. 어때?"

서연의 말은 예언이었을까? 취업까지 성공해버리라는 말을 듣고 난 며칠 뒤, 정말 내게도 백만 년 만에 면접 기회가 주어졌다. 그러니까 오랜만의 1차 합격이었다. 이루 말할 수 없이 좋았다. 어떤 이유로 떨어지는지도 모르고 번번이 불합격 소식만 듣다가, 1차 합격이라는 소식을 받게 되니 처음으로 희망이 생겼다.

면접 날짜가 정해지고 내가 할 일은, 일단 면접 정장 대여를 신청하는 거였다. 일자리 포털에 회원가입 후 온라인으로 예약하면 가장 가까운 곳에서 빌릴 수 있다. 신청서도 비교적 간단했다. 증빙 자료로는 면접 정보가 담긴 파일만 있으면 돼, 면접 일자가 적혀 있는 안내문을 캡처해 올렸다. 이제 예약 일자에 가서 나에게 어울리는 정장과 구두를 신어보고 대여하면 된다.

면접일이 다가오니 하루하루 금방 흘러갔다. 매일 면접에 필요한 질문 중 몇 개를 골라, 달리러 나갔다. 그리고 달리면서 어떻게 답변할지 머릿속으로 시뮬레이션을 돌렸다. 그러면 신기하게 달리는 시간이 그리 길게 느껴지지도, 별로 힘든지도 몰랐다.

"달리기 안 했음 어쩔 뻔했어."

몇 달 되지 않은 달리기가 내 인생을 구원해주는 것만 같았다. 그 생각을 하자 '왜 조금 더 일찍 달리지 않았을까'라는 생각도 들었다. 그랬다면 지금보다 훨씬 더 나은 사람이 돼 있지 않았을까? 하지만 지금이라도 하는 게 어딘가 싶기도 했다.

면접 날이 되었다. 아침부터 화장실을 몇 번이나 들락거렸다. 초조하고 불안한 마음이 그렇게 만들었다. 나는 그 마음을 가라앉히기 위해 틈나는 대로 심호흡했다. 그리고 행여 준비한 예상 질문을 까먹을까 봐 보고 또 봤다.

면접실은 교육 전문 출판사 사무실 내 회의실이었다. 참고서 출판사답게 벽에는 교육 관련 도서가 빼곡히 꽂혀 있었고, 유리문 너머로 직원들이 오가는 모습이 보였다. 탁자 위에는 물병과 서류 몇 장이 놓여 있었고, 회색 톤의 차분한 조명이 공간을 감쌌다.

면접관은 두 명이었다. 한 명은 팀장으로 보이는 40대 초반의 남성이었다. 정갈한 셔츠 차림에 다소 무뚝뚝한 표정이었다. 경력이 많은 듯 말투에서 여유가 느껴졌다. 다른 한 명은 30대 후반쯤 되어 보이는 여성으로, 안경 너머로 날카로운 눈빛을 보였다. 대체로 지원자의 대답을 듣기보다는 필요한 정보만 확인하려는 듯한 태도였다. 그 사람은 내 지원서를 몇 장 들춰보더니 무심히 말했다.

"도연희 씨? 먼저 간단하게 자기소개 부탁드려요."

면접은 익숙한 질문부터 시작했다. 나는 준비한 자기소개를 차분히 했다.

"그동안 어떤 일을 해 오셨나요?"

면접관들은 내 답변에 특별한 반응이 없이 끄덕이며 듣고 있었다. 하지만 중반에 접어들면서 분위기가 변했다. 질문이 끊긴 후, 면접관들이 회사의 업무를 설명하기 시작했다. 보통 면접 끝에 지원자에게 궁금한 점을 묻곤 하는데, 그런 것도 없었다. 대신 이들은 마치 '일이 생각보다 많을 수도 있다'는 점을 강조하려는 것처럼 보였다. 여자 팀장이 말했다.

"교육 콘텐츠를 기획하고 운영해야 하는데, 강사진들과의 커뮤니케이션도 중요합니다."

이 부분은 문제 되지 않았다. 지금껏 짧게 일할 때도 늘 다른 사람들과 협력했기에 괜찮았다. 하지만 설명이 길어지면서 어딘가 미묘한 분위기가 감돌았다. 면접관들은 면접 막바지에 이르자 이런 말을 했다.

"우리 회사 분위기를 좀 알려드리자면요. 매주 월요일마다 전 직원이 같은 층에서 체조를 합니다."

"네?"

나는 순간 당황했다. 아침마다 다 같이 체조한다고? 이건 지금껏 한 번도 생각해본 적 없는 회사 문화였다. 그뿐만 아니었다. 진짜 내가 놀란 건 이 부분이었다.

"또, 사우회비가 있어요. 월급에서 일정 금액을 떼어 내는데, 이걸로 회식도 하고, 경조사도 챙기죠."

여자 팀장이 너무나 당연하다는 듯 말을 이었다. 나는 애써 표정을 관리하며 아무렇지 않은 척 있었다. 하지만 이미 마음속에는 묘한 불안감이 엄습했다. 지금까지 경험한 면접은 보통 20~30분이면 끝나는데, 한 시간이 다 되도록 면접이 끝나지 않았다. 회의실의 공기가 서서히 무거워졌다. 벽에 걸린 교육용 포스터가 갑자기 무미건조하게 느껴졌다. 이 면접은 언제쯤 끝나려나?

마침내, 면접이 끝나고 회사 밖으로 나왔다. 긴장이 풀어지면서 허탈감이 몰려왔다. 아니, 그보다는 이상한 찝찝함이 명치 끝에 걸려 내려가지 않았다. 회사에 대한 설명이 길었던 것도,

체조와 사우회비 이야기가 너무 자연스럽게 나온 것도, 그리고 한 시간 넘게 면접이 지속된 것도, 모든 것이 어딘가 묘하게 걸렸다. 이렇게 구체적으로 물어봤다는 건 결과가 좋을 수도 있다는 건데… 내 기분은 왜 이럴까? 당연하게도 집으로 돌아가는 발걸음이 한없이 무거웠다.

10

다시 운동화 끈을 동여매며

버스 문이 열리고 발이 땅에 닿는 순간이었다. 마음속 묵직하게 똬리 틀고 있던 감정이 왈칵 솟구쳤다. 내 기분과 어울리지 않을 정도로 맑은 하늘과 햇볕 때문이었다. 유난히 눈부셔 잠시 눈을 질끈 감았다 떴다. 그사이 희망과 기대는 거짓말처럼 멀어지고, 부질없는 꿈에서 깨어난 듯한 기분이 들었다.

주변은 오늘따라 유독 평화로워 다른 세상에 온 듯했다. 보도블록 사이에 피어 있는 클로버, 기분 좋게 불어오는 바람, 지나가는 사람들의 가벼운 웃음소리까지 모든 게 생기 넘쳐 보였다. 그러나 그것들은 나의 것이 아니라는 생각에 오히려 잔인하게 느껴졌다. 마치 나의 실패를 비웃기라도 하는 것 같아 서러움이 꾸역 밀려왔다.

나는 무거운 걸음으로 집 쪽을 향해 걷기 시작했다. 이제 종잇조각에 불과한 서류가 한없이 무겁게 느껴졌다. 대여점에서 빌려 입은 정장과 깔끔한 구두가 초라해 보여 눈물이 났다. 집에서 나갈 때만 해도 말끔해 보이던 옷차림인데, 이렇게 마음에 따라 차림새까지 달라 보이다니. 마음이란 얼마나 요망한가. 한숨을 푹 내쉬며 걷다가 몸을 돌렸다. 버스정류장 쪽에 있는 편의점으로 걸음을 재촉했다. 도무지 이 기분으로 집에 가고 싶지 않았다.

"여기 4개요."

수입 맥주 1개만 사려다가 4개를 담았다. 오늘 같은 기분에 1개만 사면 처량하게 느껴질 것 같았다. 봉지에 담긴 맥주를 들고 터덜터덜 걸으며 다시 집 쪽으로 향했다. 눈앞에 큼지막한 서대문구 행복그린센터 간판이 보였다. 간판의 글자 하나하나를 읽다가 부제처럼 써놓은 글자를 보았다. '자연과 함께하는 쉼과 배움의 공간'. 불현듯 안으로 들어가고 싶어 출입문 앞으로 갔다. 유리문 안을 들여다보는데 생각보다 사람이 많이 보였다. 언뜻 보기에 죄다 노인인 듯 해서 이질감이 들었다. 난 한번 들어가보려던 마음을 접고 다시 집 쪽으로 향했다.

오늘따라 산들거리는 봄바람이 내 마음을 술렁이게 했다. 내 몸은 집 대신 천변으로 내려가는 길에 있는 정자로 갔다. 정자에 걸터앉아 캔맥주 하나를 땄다. 치직, 소리와 함께 거품이 보글보글 올라왔다. 혹시라도 바닥에 맥주를 흘릴까 봐 얼른 입에 캔을 가져다 댔다. 길게 한 모금을 넘기고 멍하니 앞을 바라봤다. 개울물이 아무 걱정 근심 없이 졸졸 흘렀다. 잔잔히 흘러가는 물결을 보고 있으려니, 물 흐르는 것 하나에도 의미를 부여하는 내가 왠지 나이 먹은 사람처럼 느껴졌다.

"그렇지. 서른둘이면 나이 먹을 만큼 먹었지."

어렸을 때는 서른이란 숫자가 한없이 커 보였다. 어쩌면 인생의 모든 것이 안정되고, 고민 없이 흘러가는 시기가 되지 않을까, 생각했다. 이맘때면 결혼하고 아이도 있을 거라 막연히 생각했는데 현실은 전혀 달랐다. 정작 그 나이가 되고 보니, 젊은 것 같지만 동시에 젊지 않은 것 같고, 무엇이든 할 수 있을 것 같은 자신감은 내 것이 아니었다. 자주 어디에도 속하지 못한 채, 모호한 경계선 위에서 떠도는 기분을 느꼈다.

조용히 맥주 한 모금을 삼켰다. 입안에 맴도는 쓸쓸한 맛이 꼭 지금의 내 기분과 닮아 있었다. 그때 눈앞으로 한 남자가 러닝하며 지나갔다. 아직 여름도 아닌데, 싱글렛에 팬츠 차림이었다. 햇볕에 드러난 팔과 다리가 단단해 보이는 것이 얼핏 지훈을 닮았다.

"설마?"

지훈을 떠올리는데 저만치 멀어진 남자가 건너편으로 건너면서 뒤를 돌아봤다. 뒷모습은 비슷했는데 앞모습은 아니었다. 그러자 불현듯 지훈과 함께 달렸던 일들이 떠올랐다. 함께 달릴 때마다 달리기 선배로서 여러 조언을 해줘 든든했던 모습. 그 모습을 떠올리자, 오늘 면접 건이 생각났다. 왠지 합격해도 문제고, 합격 못 해도 문제인 직장에 대해 어떻게 해야 할지 판단이 서지 않았다.

맥주도 한잔 마신 데다, 기분까지 싱숭생숭하니 지훈에게 톡 보내는 게 망설여지지 않았다.

연희 지훈 씨, 안녕하세요.
지훈 오, 안녕하세요. 연희 씨! 웬일이세요?

지훈이 1초도 안 돼 답톡을 보냈다. 깜짝 놀랐다. 설마 내 연락을 기다린 것? 아니야, 그럴 리 없다. 어쩌면 핸드폰을 쥐고 있는데 톡이 갔을 수도 있다.

연희 한 가지 물어볼 게 있어서요.
지훈 뭔데요?

연희 제가 오늘 면접을 봤는데요. 그곳에서 이상한 말을 하는 거예요. 그래서 고민이 되어 어떻게 해야 할지 모르겠네요.

나는 오늘 면접 본 일을 길게 써 톡을 보냈다. 지훈은 내 톡을 본 후 몇 분 망설이는 것 같더니 이렇게 답톡을 보냈다.

지훈 저라면 안 갈 것 같아요. 다른 건 몰라도 회식비를 따로 걷는다는 건 인간적으로 회사에서 직원들에게 1원도 쓰지 않겠다는 뜻이잖아요? 그런 곳에서 일하면 스트레스는 두 배일 것이고, 보람은 눈곱만큼도 없을 것 같아요. 혹시 잡플래닛 들어가보셨어요?

연희 잡플래닛이요? 아니요.
지훈 거기 들어가서 한번 보세요. 아마 그곳 다녔던 사람들이 올려둔 후기가 많을 겁니다.

지훈의 말을 듣고 보니 여자 팀장이 했던 말이 떠올랐다.

"혹시 잡플래닛에서 우리 회사 찾아보셨나요?"

찾아본 적이 없던 터라, 아니라고 답변했다. 그러자 여자 팀장이 묘하게 안도하는 듯한 표정이었는데, 설마 안 좋은 내용이라도 있는 건가?

지훈 들어가서 보려면 가입비를 결제하셔야 할 거예요. 그래도 한번 보시는 게 좋을 겁니다.

지훈의 말을 듣고 보니 일리가 있어 보였다. 나는 지훈에게 조언해 주어 고맙다는 인사를 남기고 맥주를 챙겨 집으로 갔다. 집으로 가자마자 연걸즈 단톡방에 톡을 남겼다. 오늘 본 면접이 어땠고, 지금 심정이 어떤지를 자세히 썼다. 그런데 연지와 서연의 의견이 갈렸다.

연지 가지 마. 거기 완전 그지 같네. 아니 무슨 아침마다 체조하고, 사우회비를 낸다는 거야? 말이 돼? 직원한테 돈 한 푼 쓰기 싫다는 게 너무 양아치 같지 않냐?
서연 좀 그렇긴 한데 일단 다녀보고 나서 결정하면 어때? 너 이번 달에 실업급여 끝나는 거 아니야?

두 사람의 의견이 갈리자 다시 갈등이 생겼다. 가슴에 묵직한 돌멩이를 서너 개 올려둔 듯 답답해졌다. 그때 다시 지훈의 말이 떠올랐다.

> **지훈** 가입비를 결제하셔야 할 거예요. 그래도 한번 보시는 게 좋을 겁니다.

'그래, 몇 푼 아끼다가 폭망하느니 일단 해보는 거야.' 사실 가입비 때문에 살짝 망설이고 있었는데 일단 지르고 보자, 싶었다. 난 두 눈 질끈 감고 잡플래닛 사이트로 들어갔다. 회원가입을 한 후에 면접 봤던 회사를 검색했다. 기업 리뷰 검색 결과가 주르륵 떴다. 몇 개를 하나하나 살피는데, 나도 모르게 두 눈을 몇 번이나 껌뻑거렸다. 이…… 이게 말이 돼? 이 기업의 리뷰가 너무 어처구니없고 가관이라 할 말을 잃었다. 분명 쓴 사람은 다른데 기업의 장점과 단점에 대한 대답은 한결같았다.

- **장점** 지하철역과 가까움
- **단점** 월 아침 체조, 조회 시간 매출 안 좋다고 전 직원 혼남, 꼰대 우대 조직문화, 사우회비, 혈연 지연으로 운영되는 회사.

어떤 사람은 장점에 적은 일반적인 사항 빼고는 모두 단점이라는 최악의 평을 써놨다. 뒷골이 당기면서 머릿속이 하얘졌다. 뭔가 인상이 쎄한 건 과학이라고 하던가? 기업 평가가 이렇게 형편없을 줄은 꿈에도 생각 못했다.

"와, 씨. 이거 안 봤으면 어쩔 뻔?"

간담이 서늘해지면서 안도의 한숨이 절로 터져 나왔다. 가입비로 쓴 몇만 원이 하나도 아깝지 않았다. 난 내가 본 기업 리뷰를 캡처해 연걸즈 단톡방에 올렸다.

서연 헐! 대박. 아까 다시 생각해보라는 말 취소. 이 정도면 여기 가면 인생 폭망.
연지 이건 뭐 인류애 박살감 아니냐? 뭐 이런 개양아치 같은 회사가 있어?

서연과 연지가 동시에 화를 내주자, 어쩐지 마음이 편해졌다. 결정의 추가 갈팡질팡 흔들리다가 마침내 한쪽으로 기울 수 있게 만들어줬다. 더불어 지훈에게도 고마운 마음이 들었다. 지훈의 조언이 없었더라면 난 회사에서 연락이 올 때까지 내내 고민하고 있었을지도 몰랐다.

나는 지훈에게 고맙다는 톡을 보내고 침대에 누웠다. 허탈한 마음은 아까 면접 보고 나올 때보다 더 컸다. 백만 년만의 면접이었는데, 이렇게 아무 성과 없이 보내야 하나 싶어 울컥했다.

돼도 고민, 안 돼도 고민이던 회사 면접은 합격이었다. 합격! 얼마나 듣고 싶은 단어였던가. 하지만 이번 회사에서 온 합격 소식은 마지막까지 짐 덩어리였다. 결국 출근하지 않겠다는 말을 전하며 일단락 지었다.

창문을 확 열어젖히자 바람이 와락 얼굴을 핥았다. 점점 푸르게 변해가는 홍제천 풍경을 보는데, 눈물이 솟구쳤다. 불합격이 아닌 합격이었고, 거절도 회사가 아닌 내가 한 건데 서러움이 밀려왔다. 그러다 불현듯 이런 마음이 들었다. 나 혹시 실수한 건 아닐까?

해보지도 않고 결정한 게 잘한 건지 후회도 됐다. '남의 말만 믿고 결정한 건 비겁한 일이 아닐까'라는 생각도 스멀스멀 밀려왔다. 하지만 이젠 후회해도 소용이 없었다. 나는 이미 가지 않겠다고 말해버렸고, 번복될 일은 없었다.

"아, 몰라, 몰라."

나는 두 손으로 머리를 감싸쥐고 소리를 질렀다. 복작거리며 떠오르는 생각들을 할 수만 있다면 다 털어내고 싶었다. 하지만 머리를 좌우로 흔들고, 두 손으로 얼굴을 덮어도 어떤 것도 해결되진 않았다. 모든 게 견딜 수 없이 싫어졌다. 그대로 집에 있다가는 폭발할 것 같은 기분이 들었다. 무엇보다 잡생각이 날 갉아먹는 걸 더 이상 방치하고 싶지 않았다. 후다닥 서랍장에서 운동복을 꺼내 갈아입었다. 일단 달리고 나서, 뭐든 나중에 생각하기로 했다.

어둠이 하느작하느작 내리기 시작한 천변은, 오늘도 봄밤을 즐기려는 사람들로 가득했다. 나는 그 길을 천천히 달리기 시작했다. 타박타박, 내 발소리가 귓가에 울렸다. 몇 미터 달리기 시작하자 약간 호흡도 가빠졌다. 그러자 가슴 한쪽으로 무겁게 짓누르고 있던, 하루 동안 쌓이고 뒤엉켰던 생각들이 서서히 비어져나가는 느낌이 들었다.

"헉헉."

연가교를 지나고, 또다시 사천교를 지났다. 호흡은 아까보다 더 가빠졌다. 뻐근해지는 심장에 비해, 머릿속 잡념들은 점점 더 흐려졌다. 그러자 온전히 달리는 리듬에만 집중하게 됐다. 발이 땅을 차고 나아가는 느낌, 가슴으로 밀려드는 시원한 바람이 온전히 내 것이 되었다. 문득 그런 생각이 들었다. 달리기야말로 누구에게도 뺏기지 않을 온전한 내 것이라는 것. 영원히 내 직장은 없는 건 아닐까, 생각할 땐 한없이 우울했는데 그 생각을 하니 힘이 생겼다. 그 생각에 이르자 누구에게도 절대 뺏기지 않을 달리기를 더 챙기고 싶었다. 달리고, 달리고, 또 달렸다. 달리기 전까지 눌러앉아 있던 심란함은 어느새 가벼워졌다. 여전히 풀리지 않은 고민과 답답함은 있지만, 적어도 이 순간만큼은 다 잊을 수 있을 것 같았다.

될 때까지 하자는 마음으로 다시 취업 사이트를 들락거렸다. 입사지원서를 넣을 회사를 찾아보고, 한 번에 여러 곳에 지원했다. 마음이 급해지니 내가 원하는 것에 살짝 부합하지 않아도 일단 지원부터 했다. 그중 어느 한 군데라도 되라는 마음으로 그렇게 준비하고 지원하면서 시간을 보냈다.

그러던 어느 날, 갑자기 왜 그런 마음이 들었는지는 모르겠지만 나와 내기하고 싶었다. 핸드폰에 러닝앱 하나를 다운받아 거리를 측정하며 달리기로 결심했다. 거리는 무려 10킬로미터였다.

과연 해낼 수 있을까? 나도 모르게 나에게 질문했다. 아직 이렇게 먼 거리는 달려본 적이 없어서 살짝 겁도 났다. 하지 말까? 순간순간 갈등도 생겼다. 하지만 결국 나는 결정했다. 일단 달려보자.

해보지 않고 포기하는 건 언제든 할 수 있었다. 그러니 이번만은 무조건, 어떻게 되든 해보자, 싶었다. 분명 한 번도 달려보지 못한 거리라 마음에 부담은 컸다. 하지만 언제까지 달려본 거리만 달릴 것인가란 생각이 들었다. 그리고 또 하나 말도 안 되는 억측이거나 뚱딴지같은 생각일 수도 있지만 10킬로미터를 달리고 나면 왠지 취업할 수 있을 것 같은 기분이 들었다.

"할 수 있어! 난 꼭 해낼 거야!"

천변으로 가는 도중 두 주먹을 불끈 쥐고 소리 내 중얼거렸다. 한 번 먹은 마음이니 끝까지 밀어붙이고 싶었다. 하지만 마음은 마음뿐이었다. 아니, 호기롭게 시작한 마음은 몸까지 호기롭게 만들어 주진 않았다.

간단한 스트레칭을 마치고 막 달리기 시작했다. 달리기 시작 지점은 늘 같았다. 홍남교 다리 아래에서부터 홍제폭포 방향이었다. 슬렁슬렁 앞으로 나아가는데, 오늘따라 다리는 통나무인 듯 몹시 뻣뻣했다. 그뿐만 아니었다. 온몸이 물에 젖은 솜뭉치처럼 무거웠다. 그래서인지 달린 지 얼마 되지 않아 호흡도 몹시 가빠졌다. 근래 들어 비교적 안정되었던 호흡이었는데, 지금은 아니었다.

"헉헉."

급히 숨을 몰아쉬며 조금씩 앞으로 나아갔다. 그러나 얼마 못 가 멈추고 싶은 유혹이 나를 괴롭혔다. 보통 달리기는 처음과 마지막 몇 미터가 늘 힘들다. 하지만 오늘 상태는 최악이었다. 그냥 멈출까? 몇 초도 안 돼 이 생각만 수십 번을 했다.

"아아! 진짜 힘들어."

난 허공에 대고 하소연을 퍼부었다. 누가 시킨 것도 아닌데 굳이 달리면서 이러는지. 이런 내가 웃겼다. 그런데 멈추는 것도 쉽지 않았다.

그랬다. 나는 지금 취업할 수 있느냐 없느냐의 문제로 달리는 것이다. 실제 그렇게 될지 안 될지는 모르지만 내 마음이 그랬다. 어렸을 적엔 계단 오르기로 나만의 내기를 했다. 시험을 앞두고 계단을 올라가면서 숨 한 번도 쉬지 않고 올라가면 시험을 잘 볼 거라는 둥, 눈 감고 딱 펼친 페이지가 짝수면 그날 운이 좋을 거라는 둥, 인도 타일의 줄을 안 밟고 가면 원하는 걸 해낼 수 있다는 말도 안 되는 내기를 하면서 점을 쳤다. 신기하게도 그 내기는 또 맞아떨어졌다. 그게 마음이 만들어내는 기적인지 모르지만 어쨌든 그랬다. 그래서 이번 내기를 했는지도 몰랐다.

아무튼 쉽게 멈출 수 없는 내기를 해 놓고 달려서인지 맘대로 멈출 수가 없었다. 그러다 보니 1킬로미터를 넘어섰다. 처음보다 다리 상태도 호흡도 한결 나아졌다. 이럴 때 보면 달리기는 참 요망했다. 내게 다른 일들은 하면 할수록 힘이 드는데, 달리기는 반대였다. 달리면 달릴수록 쉬워졌다. 1킬로미터를 넘고 2킬로미터도 넘어섰다. 이제 몸은 완전히 풀렸는지 주변 풍경이 보였다. 오늘도 천변에는 많은 사람이 오갔다. 주로 낮 시간을 여유롭게 다닐 수 있는 사람들이 대부분이었지만, 완연한 봄날을 만끽하는 사람들의 표정은 밝았다. 그걸 보면서 달리자 나도 모르게 쌓였던 걱정이나 근심이 조금씩 희미해져갔다. 그리고 무엇보다 뭐든 해낼 수 있을 것 같은 자신감이 생기면서, 반드시 10킬로미터를 완주해야겠단 결심까지 섰다. 그 마음으로 앞으로 앞으로 한 발짝씩 달려 나갔다. 이럴 때면 달리기만큼 인생과 닮아 있는 게 없다는 생각이 들었다. 중간에 멈추고 싶은 순간이 있더라도, 잠시 숨을 고르고 다시 한 걸음 내디디면 길은 계속 이어진다는 것. 한 걸음 한 걸음 작아 보여도, 결국 그 걸음이 완주하게 만든다는 것. 그걸 자꾸 잊어버려서 일을 망칠 때가 많아 문제이긴 하지만.

이제 막 3킬로미터를 넘어서고 있었다. 5킬로미터 지점까지 가서 되돌아올 생각이라 기분이 좋았다. 그런데 그때였다. 갑자기 내 앞으로 누군가 툭 튀어 나갔다. 화들짝 놀란 난 살짝 휘청이며 옆으로 비켜섰다. 그러곤 앞질러 나간 사람을 째려봤다.

"미친 것 아니야?"

왈칵 짜증이 일었다. 길이 좁은 것도 아니고 넓은데 하필이면 내 옆을 바짝 지나가면서 내 신경에 거슬리는지 모를 일이었다. 거기에 조금 헐거운 트레이닝복 차림의 여자가 나보다 나이가 많은 것처럼 보여 묘한 오기가 생겼다. 남들이 들으면 이런 생각을 하는 것조차 어이없고 유치하다고 할 수 있지만 지고 싶지 않았다. 나는 늘 달리던 페이스보다 조금 더 속도를 냈다. 당장이라도 나를 앞질러 나간 여자를 따라잡을 참이었다. 하지만 실력보다 앞선 의욕은 역시나 일을 망쳤다. 열심히 달린다고 달렸지만 얼마 못 가 멈췄다.

"헉, 헉, 헉."

숨이 금방이라도 넘어갈 듯 찼다. 심장이 찢어질 듯 아파 더는 못 달릴 것 같았다. 나는 잠시 멈춘 상태에서 저 멀리 사라져간 여자의 뒷모습을 허망하게 바라봤다.

"자기 페이스를 지키는 게 정말 중요해요. 누군가가 나를 앞질러서 가더라도 내 페이스를 지키며 뛰어야 완주합니다. 달리기나 마라톤을 할 땐 특히나 이 점을 기억해야 해요."

언젠가 지훈이 내게 해줬던 말이 무슨 뜻인지 비로소 알 것 같았다. 나는 잠시 달리던 걸 멈췄지만, 어느 정도 회복되자 다시 달렸다. 비록 잠시 멈추기는 했지만 계속 달리다 보면 내가 원했던 거리를 완주할 수 있을 거라 생각했다. 그리고 그 생각은 적중했다. 몇 번이나 고비가 있었지만 나는 계속해서 달렸다. 멈춘채 포기만 하지 않는다면 반드시 완주할 거라는 믿음대로 이루어냈다.

"엉엉."

10킬로미터를 완주하자마자 나도 모르게 울음이 터져 나왔다. 몹시 힘들어서만은 아니었다. 단전에서부터 터져 나온 뜨거운 감동이 숨결을 타고 올라와, 가슴을 두드리고 눈가를 적셨다. 봐주는 사람이 있는 것도, 응원하는 사람이 있는 것도 아니어서 오히려 그 벅참이 더 크게 다가왔다. 얼굴은 씨벌겋게 달아오르고, 머리카락은 땀으로 젖어 딱 달라붙고, 흠뻑 젖은 셔츠에선 땀내가 진동하는데도 그런 내가 자랑스러웠다. 그랬다. 나는 나와의 내기에 이겼다. 근거 없는 '나는 될 거야!'가 아니라 내가 해낸 한 걸음 한 걸음이 현실적인 믿음이 되어주었다. 이쯤 되니 누군가 칭찬해주지 않아도 좋았다. 누군가 대신 해줄 수 없는 일을 해낸 기쁨이 타인의 칭찬보다 더 값졌다.

"끝까지 달려본 사람만 아는 감정이 있어요. 인생도 극한의 상황을 지나야 진짜 내가 있는 것처럼. 앞으로 계속 알아갈 거예요. 달리는 동안만큼 나를 만나는 일이 없거든요."

언제가 지훈이 해준 말은 적확했다. 그것만으로도 오늘 달리기는 내게 새로운 세계를 열어줬다.

11

긴 터널 끝, 드디어 빛!

합격을 축하드립니다.

핸드폰 화면 속 낯선 단어가 눈에 들어오는 순간 손끝이 떨렸다. 몇 번을 다시 읽고 또 읽었다. 뜨거운 인두로 나무에 문양을 새겨놓은 것처럼 사라지지 않는 '합격'이란 두 글자가 나를 보고 있었다. 심장이 한 박자 늦게 뛰는 것 같았다. 숨을 삼키려 했지만, 목구멍이 꽉 막혀버린 듯 쉬어지지 않았다. 드디어, 나도 합격했다.

머릿속에서는 지난 시간이 파노라마처럼 스쳐 지나갔다. 밤늦게까지 불을 켜둔 방, 수없이 갈아엎은 지원서와 자소서. 주저앉고 싶었던 순간들. 그리고 다시 일어섰던 날들까지. 모든 순간이 하나로 엉겨 눈앞에서 터질 듯 요동쳤다. 손바닥에 땀이 배어들었고, 심장 소리가 요란했다. 어쩌면 울어야 할지도 몰랐다. 하지만 눈물보다 먼저 터진 것은 웃음이었다. 믿기지 않아 다시 화면을 확인하고, 또 확인했다. 진짜다. 정말 진짜로 합격했다.

"해냈어."

입술 사이로 새어 나온 말이 떨렸다. 손바닥으로 얼굴을 가리자, 그제야 뜨거운 것이 눈가를 타고 흘러내렸다. 바람 한 점 없는 방 안이 마치 거대한 축제장의 한가운데처럼 벅차게 출렁였다. 문득, 지난번에 해냈던 10킬로미터 달리기가 떠올랐다. 정말 그걸 해내서 된 걸까? 나만의 주술적 행위이긴 하지만 왠지 달리기가 그렇게 만들어준 것 같아 수시로 벅차올랐다.

잠시 후, 오롯이 혼자 감동의 시간을 보내고 나자 퍼뜩 정신이 났다. 이 기쁜 소식을 누구에게라도 전해야 했다. 어디부터 할까? 연걸즈가 떠올랐고 아빠도 떠올랐다.

연희 얘들아!!!! 나 드디어 합격했어.

난 합격 통지가 온 메일을 캡처한 후 연걸즈 톡방에 올렸다. 그러자 1이 사라지고 곧 남은 1도 사라졌다.

연지 우와아아아아아악!! 우리 연희 드디어 해냈다. 대박, 너 그동안 얼마나 고생했는데 ㅠㅠ 완전 자랑스럽다.

서연 헐!!!!! 대박!!!!! 이게 진짜야? 와, 난 지금 완전 소름 돋았어!! 연희야, 진짜 진짜 축하해!!!!

연희 나 아직도 실감이 안 나. 이거 몇 번을 다시 확인했는지 몰라.

연지 내가 보니 정확해. 우리 오늘 저녁에 당장 만나야 하는 거 아니야? 축하 파뤼 고고?

서연 당연하지. 오늘은 실컷 기뻐하며 놀자.

연희 좋아. 우리 기념으로 맛있는 거 먹자!!

톡방 안에는 줄줄이 축하 이모티콘과 환호하는 메시지가 쏟아졌다. 한동안 두 사람에게만 있었던 축하 소식이라 내게 기쁨은 두 배로 컸다. 내게도 이런 일이 생기는구나, 생각하자 다시 눈물이 찔끔 나왔다. 이제 나도 더 이상 두 사람을 부러워하면서 속으로 비교하지 않아도 되었다. 앞으로는 거침없이 직장인의 애환을 나눌 수 있었다. 그것만으로도 내내 소외됐던 마음이 스르르 풀렸다.

톡을 마친 후 노트북을 열었다. 심호흡을 한 번 하고 나서 메일에 입사하겠다는 의사를 밝혔다. 그리고 필요한 서류를 메모했다. 나가는 길에 준비할 참이었다.

재빨리 할 일을 마치고 나자, 조금 전보다는 마음이 차분해졌다. 그러고 나자 뭔가 해야 할 일을 안 한 듯한 찜찜함이 몰려왔다. 잠시 가만히 핸드폰을 보다가 번호를 눌렀다.

"아빠!"
"이게 누구야? 뭔 일 있어?"

특별한 일 아니면 거의 통화하지 않는 터라 아빠가 놀란 듯했다. 목소리에 긴장한 티가 역력했다. 그런데 참 별일이다. 왜 내 마음은 잔잔한 물속에 돌멩이가 떨어진 듯 파동이 이는 걸까? 순간적으로 울컥했다. 독립한 이후로 아빠와 사이가 멀어졌다고 생각했는데 아니었다.

"아빠, 나 정규직 됐어."
"뭐? 정규직?"

뜻밖의 소식 때문이었을까? 아빠의 목소리가 놀란 듯 살짝 높아졌다.

"정규직 됐다고? 언제?"

아빠는 믿기지 않는지 다시 물었다. 난 크게 한 번 숨을 들이쉰 후 차분히 다음 말을 이었다.

"오늘 연락받았어요. 여긴 과학기술정보통신부 산하에 있는 협횐데 난 주로 교육을 담당할 거야."

"잘됐다! 잘됐어."

숨을 한 번 들이키던 아빠가 감격한 듯 말을 쏟아냈다. 그 말에 약간의 물기가 느껴졌다. 그러다 잠깐 말을 멈추고 가만히 있었다. 혹시 아빠도 그간의 일을 떠올리는 걸까? 사실 내 머릿속은 아까부터 그간 아빠와 있었던 일이 자동으로 재생되고 있었다. 아빤 틈만 나면 내게 이렇게 말했다.

"집에서 일 다니면서 때 되면 결혼해. 시대가 바뀌네, 어쩌니 해도 여자한테 그게 최고야."

난 그 말이 싫었다. 아니 지긋지긋했다. 어떤 시대인데 여자 인생이 결혼만 하면 다 끝나는 거로 생각하는 건지. 구식인 아빠의 생각에 어떻게든지 어깃장을 놓고 싶었다. 아빠와 툭하면 싸웠다. 그 탓에 엄마는 나와 아빠 사이에서 두 사람을 중재하느라 눈치를 봤고 힘들어했다. 하지만 모른척 했다. 아빠의 마음을 이해하고, 엄마의 마음을 헤아리기엔 내 안에 내가 많았다. 아니 나만 생각하고 싶었다. 그러지 않으면 아빠가 원하는 대로 끌려다니다가 인생 끝날 것 같았다. 한동안 백수로 지내면서도 끝끝내 사실대로 말하지 못하고 있었던 것도 다 그 탓이었다.

"아빠, 나 이제 믿을 거야?"
"……"
"왜 대답이 없어? 나 믿을 거냐고?"
"이제 와 안 믿으면 어떡하게?"

수화기 너머로 아빠의 웃음소리가 들렸다. 모처럼 만에 아빠의 마음을 놓이게 한 것 같아 기뻤다. 효녀 노릇 같은 건 하지도, 할 수도 없다고 생각했는데 걱정을 내려놓게 하는 것만으로도 그 역할을 한 듯해 뿌듯했다.

"암튼 우리 딸, 축하한다."

아빠가 한 톤 높은 목소리로 다시 축하 인사를 했다. 그리고 통화가 끝났다. 멍하니 손안의 핸드폰을 들여다봤다. 아빠의 온기가 그대로 남아 있는 듯 따듯했다. 나는 오랜만에 잊고 있던 미소를 살포시 지었다.

　며칠 동안, 이어지는 축하 인사와 출근 준비에 몸과 마음이 동시에 바빴다. 입사하기 전에 제출해야 할 서류는 왜 그리 또 많은지. 다른 일로 이렇게 서류를 챙긴다면 짜증이 많이 났을 거다. 건강검진까지 받아야 해서 동네 병원도 알아봤다. 피검사는 공복에 해야 한다는 말에 아침에 일어나자마자 병원으로 갔다. 거의 병원 여는 시간에 맞춰 갔는데도, 대기하는 사람이 많아 살짝 놀랐다. 간호사는 인적 사항과 함께 건강검진 받는 이유를 물었다. 입사 제출용이라고 하자 기본 검사부터 여러 검사에 대해 친절히 설명해줬다.

　"이쪽으로 와서 기본 검사부터 받으실래요?"

　난 간호사가 이끄는 대로 인바디를 체크하는 자동 신장 체중계로 올라갔다. 센서가 움직이는 듯한 소리가 들리면서 기본적인 키와 몸무게가 보였다. 얼핏 보니 키는 그대로 166이었지만, 몸무게는 저번보다 2킬로그램이 빠져 있었다. 그렇다면 그간 총 5킬로그램이 빠진 거다. 특별히 노력한 것 같지 않은데, 살이 빠져 있으니 생각지도 않은 보너스를 받은 듯했다. 오후에 홍대 근처로 가서 옷을 살 생각이었는데, 옷 살 맛이 나겠군. 간호사가 혈압계 쪽으로 불렀다. 소매를 걷어 올리고 혈압계에 팔을 넣었다. 혈압이 나쁠 이유는 없겠지만 막상 재려니 괜히 긴장됐다. 곧 수축기가 팔을 꽉 조이며 혈압을 쟀다. 110에 75mmHg가 나왔다. 비교적 정상으로 나온 것 같아 안심하며 다음 검사를 하러 자리를 옮겼다.

그렇게 혈액검사와 소변검사까지 마치고 병원을 나섰다. 두 가지 검사의 결과가 나오기까지는 어차피 2~3일이 걸린다고 해 마음 편히 나왔지만, 신경이 쓰이기는 했다. 아직 30대라 큰 병이 있을 확률은 높진 않을 거로 생각했는데, 혹시라도 결과가 안 좋아 입사에 지장을 주면 어쩌나 하는 생각이 들었다. 이 회사에 입사하기까지 눈물겨운 일이 많아 혹여라도 문제가 생길까 봐 불안감이 수시로 올라왔다.

하지만 불시에 찾아드는 불안이나 사소한 걱정도 홍대로 나가자 조용히 사라졌다. 출근할 때 입을 옷을 사기 위해 의류 매장을 돌아다닐 땐 신발에 바퀴라도 달린 줄 알았다. 원하는 스타일이 있는지 쓰윽, 훑어보곤 없으면 바로 다른 매장으로 향했다. 그 시간이 몇 분 걸리지 않았다. 쓰윽, 보고 마음에 들지 않으면 바로 나오고, 마음에 드는 게 있으면 탈의실에 들어가 입어 봤다. 원래 옷 사면서 입어보는 것을 좋아하진 않았지만, 이날은 달랐다. 첫 출근에 입을 옷이니 이미지나 분위기를 신경 쓰지 않을 수 없었다. 그렇게 매장 몇 군데를 돌고 나니 금세 저녁이 되었다. 옷 가게에서 나와 주변을 둘러봤다. 일단 먹어야 더 돌아보든 말든 할 것 같았다.

뭘 먹지? 혼자서 잘 안 먹곤 해서 선뜻 식당에 들어가기가 망설여졌다. 하지만 뱃속에서 꼬르륵 소리가 연달아 나니 참기 힘들었다. 눈에 띄는 가장 가까운 식당인 돼지국밥집으로 들어갔다. 쭈뼛거리며 들어갔지만, 테이블마다 키오스크가 있어 주변을 신경 쓸 필요 없어 좋았다. 나는 자리에 앉아 돼지국밥 하나를 시켰다. 그리고 나자 핸드폰 진동이 울렸다. 상욱의 톡이었다.

상욱 누나, 출근 준비는 잘하고 있냐?

한 공간에 있어도 거의 말을 안 섞는 '현실남매'인데, 요즘 들어 상욱은 이전과는 다르게 나를 대했다. 내가 정규직 입사를 앞뒀다는 말에 한 번씩 연락해 이것저것 체크했다. 며칠 전에도 전화해서

"누나, 정규직은 내가 선배야. 알지?"

라고 말하면서 동생이 아니라 오빠처럼 굴었다. 어이없어서 큰 소리로 웃고 말았다. 내가 취업 못한 상황에서 저런 말을

들었다면 어땠을까? 아마 짜증을 내며 전화를 끊어버렸을지도 모른다. 그러니까 날 유연하게 만들어주고, 너그럽게 만들어준 건 바로 '합격'이란 두 글자였다.

필수 자격증이라며 다양한 자격증 시험에 합격했을 때도 그러지 않았다. 자격증 시험 합격은 그냥 '희망'만 주었다. 앞으로 어딘가에서 무언가를 할 때 도움이 될 거라는 희망. 막상 그걸 써먹을 데가 없는 일만 했기에 별 도움이 되지는 않았지만.

저녁을 먹은 후 다시 옷 가게를 전전했다. 그러는 동안 슬랙스 두 벌과 청바지 하나, 여름용 블레이저를 샀다. 구두도 하나 샀다. 원래 구두는 살 생각이 없었지만, 조금 전 밥 먹고 있을 때 연락한 동생 때문에 샀다. 상욱이 허접한 것 말고 좋은 것 하나 사라며 돈을 보내줬기 때문이다. 곳간에서 인심 난다더니 나보다 먼저 취업하자, 오빠처럼 굴었다. 그 덕에 구두 사고 남은 돈으로 스포츠 매장에서 러닝팬츠까지 샀다.

양손 가득 쇼핑백을 들고 버스를 탔다. 퇴근 시간을 지나 버스를 타니 승객이 많지 않아 좌석에 앉았다. 뻐근한 허리와 지친 다리가 금세 풀어지는 듯 편했다. 스르르 눈이 감겼다. 하루를 꽉 차게 보내고 나자 비로소 출근이 현실로 다가왔다. 불현듯 면접 때 봤던 팀장이 떠올랐다. 1차 면접에서 유난히 날카롭게 질문을 해 나를 당황하게 해서 떠올리는 것만으로도 긴장됐다. 나름 준비한다고 헌법까지 읽고 갔고, 회사 이력까지 꼼꼼하게 보고 갔지만 답변이 두 번 정도 틀렸었다. 그 탓에 어쩌면 합격하지 못할 수도 있다는 생각도 했었다.

팀장에 이어 2차 면접 때 봤던 임원도 떠올랐다. 보통은 2차 면접 때 더 깐깐한 질문을 던지는데 그분은 달랐다. 오히려 너무 평범해서 질문의 의도를 생각하게 했다.

"도연희 씨는 행복이 뭐라고 생각하시나요? 어떨 때 행복하세요?"

질문을 받고 나서는 잠깐 멍했다. 이분이 진짜 내가 어떨 때 행복한지를 알고 싶은 건가? 아니면 이것조차도 내 가치관을 알아보려고 하는 시험인 건가? 찰나이지만 여러 생각이 한 번에 오갔다.

"너무 소박할지 모르겠지만, 저는 주어진 일상을 제가 좋아하는 일로 채울 때 행복합니다. 이를테면 제가 좋아하는 달리기를 하고, 생맥주 한잔하는 것 같은 거요. 가끔 친구들과 만나 영화를 보고 밀린 수다를 떠는 것 그리고 좋아하는 키링을 사서 친구와 나눠 갖는 것도 행복입니다. 그러니까 제겐 특별한 일이 없어도 무탈하고 평온한 하루를 보내는 것이 행복입니다."

임원은 내 말에 뭔가 의외라는 듯 고개를 갸웃거렸다. 그러면서도 어딘지 모르게 만족하는 것 같은 느낌이 들었다. 의도는 정확히 모르지만, 그 표정에 그나마 안심했었다. 물론 안심한다고 해서 결과가 좋을지는 미지수이긴 했다. 아무튼 그 과정이 있었기에 새삼 어떨 때 행복한가를 생각해보기도 했다.

홍대에 다녀온 후 집에 도착하자마자 바닥에 뻗었다. 버스 안에서 느낀 피로는 피로가 아니었다. 마치 소금에 절여진 배추처럼 축 처지더니 꼼짝하기 싫었다. 다리는 쑥쑥 아리고, 허리는 무지근했다. 눈을 감자 발끝에서부터 머리끝까지 피로가 올라왔다. 나는 그렇게 한동안 거실 바닥에 막 벗어 놓은 옷처럼 널브러져 있었다.

"아, 왜 이렇게 피곤한 거야."

나도 모르게 한탄이 나왔다. 20대 때보다 체력이 확 떨어진 게 느껴졌다. 그러다 벌떡 일어나 앉았다. 한쪽에 밀어 놓은 쇼핑백 하나를 들어 그 안에 있던 러닝팬츠를 꺼냈다. 모처럼 제대로 된 러닝팬츠를 샀는데 그대로 두긴 싫었다.

"착용식 한번 해볼까나."

나는 팬츠를 꺼내 얼른 갈아입었다. 한 번도 입어본 적이 없는 운동복이라 느낌이 어떨지 궁금했다. 입어보니 레깅스를 입을 때와는 사뭇 달랐다. 시원할 뿐만 아니라 훨씬 더 가벼웠다. 제자리에서 팔딱팔딱 달리는 포즈를 취했다. 그러자 그대로 나가고 싶은 마음이 솟아올랐다. 난 얼른 가벼운 바람막이로 갈아입은 후 러닝화를 신었다. 운동하기 싫을 땐 저 현관문 문지방을 넘는 일이 최대 과제지만 지금은 달랐다. 어디라도 달릴 수 있을 것 같은 기분이라 밖으로 튀어 나갔다.

천변은 이미 어둠이 내린 터라 곳곳에 가로등이 켜져 있었다. 그 사이로 많은 사람의 모습이 보였다. 낮엔 낮대로 밤엔 밤대로 나오는 사람들의 숫자는 줄지 않는 걸 보면 천변이 주는 혜택이 컸다. 어쩌면 따듯한 계절이 주는 선물 같은 시간대라 그런지도 모르겠다.

낮에는 초여름처럼 더울 때도 있지만, 밤에는 비교적 봄의 서늘함이 남아 있었다. 잠깐 선선한 기운에 온몸이 오싹했지만, 팬츠를 입어 드러난 맨살에 와닿는 바람의 촉감이 나쁘지 않았다. 오히려 시원한 냉수를 벌컥 들이마신 것만 같은 상쾌함이 느껴졌다. 간단한 스트레칭을 시작했다. 발목을 돌리고, 고관절을 열어주는 운동과 함께 허리도 돌렸다. 지훈과 유튜브를 통해 배운 스트레칭 동작을 10분 정도 했을까? 온몸에 열이 퍼지면서 살짝 더운 느낌이 들었다. 이 정도면 달려도 좋을 것 같았다.

슬슬 달려볼까? 나는 잠시 제자리에서 뛰다가 앞으로 나갔다. 간만에 운동화가 바닥을 부드럽게 두드리며 규칙적인 리듬을 만들어냈다. 아, 이 소리. 심장박동만큼이나 힘 나게 하는 소리를 듣자, 온몸의 세포가 살아나는 느낌이 들었다.

"이 좋은 걸 왜 이제야 알았을까?"

마침 주변에 아무도 없는 걸 보곤 조금 큰 소리로 외쳤다. 오늘도 달리는 기분이 너무나 좋았다. 이런 기분이라면 세상 어떤 일도 해낼 것 같은 자신감이 들었다. 이제 이틀 후면 새 직장에 첫 출근 할 것이다. 얼마나 기다리고 기다리던 순간인지 모른다. 한때, 아무리 문을 두들겨도 열어주지 않는 수많은 정규직을 보면서 좌절했던 순간이 얼마나 많았는지 모른다. 그땐 어쩌면 영원히 정규직은 내 것이 될 수 없을지 모른다는 막연한 불안감에 시달렸다. 그런데 결국 이렇게 정규직으로 입사하게 되었다. 내게 이 사실만큼 가슴 찢어지게 행복한 일은 없었다.

한편으로는 정체를 알 수 없는 불안감이 스멀스멀 찾아오기도 했다. 처음 해보는 일인데 과연 잘할 수 있을까? 새 환경에 적응은 잘할까? 아니, 나를 같은 직장 동료로 잘 받아줄까? 이런 두서없는 생각들이 찾아들기 시작하면 머릿속은 뒤죽박죽이 되었다.

"잠시만요. 비켜 갈게요."

온갖 생각에 빠져 있는데, 러닝 크루 몇 명이 내 곁을 지나가며 소리쳤다. 얼른 한쪽으로 비켜나며 달리는 그들을 봤다. 20대 초반 정도의 남자 다섯이 벌겋게 달아오른 얼굴로 땀범벅이 돼 달리고 있었다. 어디에서부터 왔는지 모르지만 땀범벅인 걸 보면 꽤 달린 것 같았다. 이 밤에 한데 모여 술잔을 기울이고 있을 수도 있는데 저렇게 모여 달리고 있는 모습이 꽤 멋져 보였다. 나도 속도를 조금 더 올렸다. 달리는 모습만으로 멋있는 그들처럼 나도 멋있고 싶었다. 틈만 나면 내 안으로 끼어드는 불안감에 자리를 내주고 싶지도 않았다. 그렇게 속도를 높여 달리자 금세 호흡이 거칠어졌다. 머릿속을 가득 채우던 생각도 하나둘 흐려졌다.

좋다! 이 순간, 심장박동과 발소리만이 선명한 이 모든 느낌이 정말 좋았다. '천천히 그리고 꾸준히 나가면 돼. 딱 지금처럼.' 지금까지 취업을 위해 여기까지 잘 와준 내게 당부하듯 속삭였다. 다른 건 몰라도 끝이 보이지 않는 긴 터널 같던 날들을 잘 견뎌 준 내가 고마웠다. 그런 내가 있었기에 마침내 작은 빛을 발견한 거니까.

바람이 목덜미를 시원하게 스쳐 지나갔다. 멀리 백련교가 보였다. 오늘은 저기까지다. 저기까지만 달리고 들어가자. 아직 알 수 없는 내일은 그냥 내일에 맡기자. 오늘처럼 한 걸음씩 나아가면 괜찮을 거야. 난 그렇게 나 자신에게 말했다. 그저 달리면서 내게 했던 말이 어느새 든든한 믿음이 돼주었다는 게 신기했다.

12
또라이 질량보존의 법칙

마침내, 첫 출근 날이 되었다.

　서둘러 씻고 거울 앞에 앉아 화장을 시작했다. 집에 있는 동안 화장을 안 하곤 해서 살짝 어색해 보였지만, 출근하는 날 입으려고 사둔 옷을 입자 달라 보였다. 슬랙스에 블레이저를 입어서 그런지 제법 직장인 티가 나서 절로 미소가 지어졌다. 기분 좋게 집을 나섰다. 한동안 집 안에만 있었을 땐 못 느꼈는데, 이른 아침에만 느낄 수 있는 바람이 내 뺨을 스쳐 지나갔다. 한낮은 가끔 높은 온도 때문에 여름을 방불케 했지만, 아침에 부는 바람은 여전히 상쾌했다. 이런 기분 얼마 만에 느껴보는 건지. 난 한 발짝 한 발짝 걸음을 뗄 때마다 경쾌하게 또각또각 울리는 굽 소리에 맞춰 버스정류장으로 향했다. 드디어 나도 출근이라는 걸 하고 있었다.

부푼 마음을 안고 회사 로비로 들어섰다. 시야가 확 트일 만큼 큰 로비 안으로 햇빛이 부드럽게 쏟아져 들었다. 대리석 바닥 위로는 아침 햇살이 물결처럼 반짝거렸다. 그걸 보는 순간 새로운 무대 위로 올라선 것처럼 가슴이 부풀었다. 게다가 정갈한 정장을 입은 사람들이 바삐 오가는 모습이 활기차고 빛나 보였다. 난 엘리베이터를 타려다 말고 핸드폰을 꺼냈다. 인생에 몇 번 안 되는 기념비적인 날이라 순간을 남겨두고 싶었다.

사진은 곧바로 SNS에 한 줄 글과 함께 업로드했다. '첫 출근. 나 잘할 수 있겠지?'

이때만 해도 그랬다. 내 마음은 오랫동안 히말라야 등반을 꿈꾼 사람처럼 기대에 부풀어 있었다. 앞으로 어떤 길이 펼쳐질지는 모르지만, 어디든 갈 수 있을 것 같았다. 하지만 현실은 만만치 않은 법이다. 고난은 언제 어디서 뒤통수를 칠지 호시탐탐 기회를 노리고 있었.

5층 사무실 앞에서 심호흡하고 안으로 들어갔다.

"안녕하세요. 이번에 들어온 신입인데요."
"아, 도연희 씨! 이쪽으로 오세요."

사무실 정중앙에 놓인 책상에서 한 여자가 벌떡 일어났다. 깔끔하게 올린 머리, 흰 셔츠와 딱 맞는 회색 슬랙스를 입은 하세린 팀장이었다. 하 팀장은 입가에 미소를 달고 내 앞으로 다가와 손을 내밀었다. 나도 꾸벅 인사했다. 그녀는 한쪽 책상을 가리켰다.

"앞으로 도연희 씨가 앉을 자리입니다. 우선 거기 앉아 있어요. 직원들 모두 출근하면 그때 소개할게요."

난 말없이 고개 숙인 후 팀장이 가리킨 자리로 가 앉았다. 팀장은 자기 자리로 돌아가 앉으며 다시 한번 내 쪽을 돌아봤다. 대화가 끝났는데도 얼굴엔 미소가 그대로였다. 친절한 사람처럼 보였다. 아니, 정확히 말하자면 친절하게 보여야 하는 사람처럼 보인달까.

출근 시간이 임박했을 때였다. 이번에 뽑힌 신입은 나와 남자 직원까지 둘이었는데, 아직 남자 직원은 보이지 않았다. 설마 첫날부터 지각하는 걸까? 흘깃 시간을 확인해보니 출근 시간 5분 전이었다. 그때, 사무실 문이 열리고 한 남자가 안으로 들어왔다. 들어오는 폼을 보니 정신없이 온 티가 났다. 뛰어왔는지 얼굴이 벌겋고 턱선으로 흐르는 땀이 보였다. 하 팀장이 자리에서 벌떡 일어났다. 동시에 스마트워치를 한 번 보고 그를 봤다.

"문형우 씨? 8시 56분 40초. 그래도 시간은 어기지 않고 칼

같이 들어왔네요?"

 하 팀장이 입가에 미소를 짓고 카랑카랑하게 말했다. 어쩐지 그 느낌이 너무 부자연스러워 순간 당황했다. 그건 남자도 마찬가지인 것 같았다. 뭐라고 말하려다 말고 민망한 얼굴로 뒷머리를 긁적였다. 일순간, 사무실 안이 싸해졌다. 남은 직원들은 애써 모른 척 자기 일만 했다.

 "자자, 여기 볼까요? 오늘 신입사원분들이 입사했는데요. 소개할게요. 앞으로 같이 일할 도연희 주임과 문형우 주임입니다. 두 분 인사하시죠."

 하 팀장이 나와 동기인 형우에게 인사를 권했다. 난 형우 쪽을 돌아봤다. 아직 땀도 안 식은 것 같아 내가 직원들을 향해 먼저 고개를 꾸벅 숙였다.

 "오늘부터 근무할 도연희라고 합니다. 잘 부탁드려요."

 내 인사에 이어 형우가 인사했고, 직원들도 한 사람씩 돌아가며 자신을 소개했다. 그렇게 순서대로 소개하고 나자, 마지막으로 한 사람이 남았다. 팀장이 앞으로 나서더니 그를 가리켰다.

"여기 동찬 씨는 이달 말까지 근무할 거예요. 서로 인사 나누고 인수인계 잘 부탁드려요."

팀장은 또다시 예의 눈웃음을 지으며 말했다. 온기는 별로 느껴지지 않았다. 그래서인지 동찬도 무표정인 채 우리를 향해 꾸벅 인사했다. 의례로 짓는 희미한 미소도 보이지 않았다. 나와 형우도 어설프게나마 인사했다. 분위기가 묘하게 싸했다. 퇴사하는 사람이라 그런 건가? 아니면, 동찬의 성격이 유독 까칠한 걸까? 아직 적응 못한 나는 조용히 사내 분위기를 살폈다. 그리고 한마디로 말할 수 없는 미묘한 분위기의 문제가 어디에서부터 오는지 알게 되었다.

"아니, 이렇게 인수인계할 거면 그냥 하지 말아요. 우리가 알아서 다 정리할 테니까. 사람은 시작도 좋지만, 끝이 좋아야 하는데 동찬 씨는 그런 건 배우지 않았나 봐요."

동찬이 나와 형우에게 인수인계하는 모습을 지켜보던 하 팀장이 끝내 한마디했다. 동찬은 놀라지도 않는 것 같았다. 눈 둘 데를 못 찾고 허둥거리는 건 나와 형우였다. 사실 동찬이 인수인계를 대충대충 한다는 느낌은 있었다. 그렇다고 대놓고 면박을 주니까 나와 형우는 어쩔 바를 모르고 허둥댔다.

첫날부터 아슬아슬한 분위기에서 일하느라, 퇴근 무렵엔 어깨가 다 뭉쳐 있었다. 충분히 잠을 못 잔 터라 피로는 두 배였다. 퇴근할 땐 머리가 멍해져 아무 생각이 안 들었다. 그날 하루를 두고 이러저러한 생각을 한 건 집으로 가는 버스 안에서였다. 이 회사 괜찮은 것 맞나? 동찬은 왜 그만두는 걸까?

회사 분위기 때문에 마음이 찜찜했다. 곧 그만둔다는 전임자의 무책임한 듯한 태도와 팀장의 신랄한 말투가 자꾸 걸렸다. 이제 막 한 걸음 내디뎠는데, 발끝에 돌부리가 걸린 듯 마음이 켕겼다. 괜찮겠지? 괜찮을 거야. 이제 와 괜찮지 않으면 어떡하겠어? 몸은 앞으로 나가고 싶은데, 마음은 자꾸 뒤를 돌아본다. 지금 이 길이 맞는 건지, 물음표가 발목에 얽혀 자꾸 걸려왔다.

동찬이 그렇게 했던 이유를 이틀쯤 지나 알게 되었다. 동찬은 원래 계약직이었다. 계약 기간이 끝날 무렵, 회사에서 정규직으로 전환할 것을 제안했다고 한다. 하지만 동찬은 하 팀장과 더 일할 것인가에 대해 고민이 돼, 며칠 더 생각해보겠다고 했다. 그런데 그 틈에 팀장은 바로 구인 공고를 내버렸다.

"분명 며칠 시간을 달라고 했어요. 그런데 마치 내가 나가기를 기다린 것처럼 바로 공고를 내니까 솔직히 배신감 들었어요."

듣고 보니 서운할 수도 있겠다 싶었다. 그럼에도 엉뚱한 곳에서 화풀이하는 게 못마땅했다. 하지만 곧바로 이어진 동찬의 말엔 말문이 막혀버렸다.

"사실 저 팀장하고 일할 때마다 너무 부딪혀서 그만두고 싶었거든요. 이제 막 들어온 분들한테 이런 말 하려니 그렇지만 아무튼 그랬어요. 최대한 피해는 주지 않고 인수인계할 테니까 걱정은 마세요."

동찬은 걱정 말라는 말을 거듭했지만, 내 걱정은 그때부터 시작됐다. 내내 눈살을 찌푸리게 하고 듣기 거북했던 말들은 동찬의 잘못으로 인한 하 팀장의 훈화로 여겼다. 그런데 그게 아니라고 했다. 그건 그냥 빙산의 일각처럼 살짝 드러난 부분이지 이면은 아니라는 말을 하니 뒷골이 당겼다.

며칠 지나, 점심시간이었다. 우연히 구내식당에서 남자 팀장인 구 팀장과 한 테이블에서 밥을 먹게 되었다. 약간 어색함을 덜기 위해, 밥을 먹다가 내가 물었다.

"하 팀장님 어떤 분이세요?"

내 질문에 구 팀장이 나를 빤히 쳐다봤다. 그러다 국물 한 숟가락을 떠먹은 후 피식 소리를 냈다. 그 웃음소리에 뭔가 있음을 직감했다.

"처음엔 다들 좋아해요. 친절한 것 같고 능력도 좋으니까. 그런데 좀 지내다 보면 그게 친절이 아니라 사람 잡는 방식이라는 걸 알게 되죠. 그래서 오래 버티는 사람이 없어요. 저도 조만간 그만두려고요."

가만! 이건 또 무슨 소리인 거지? 구 팀장이 그만둔다고? 그러니까 동찬이 그만두는 것도 모자라, 구 팀장도 그만둔다는 거야? 도대체 하 팀장이 어떤 사람이기에 이러는 거야?

"입사한 지 얼마 되지도 않은 사람한테 이런 말하는 건 그렇지만……"

그럼, 말하지 마세요! 당신은 그만둘 테니 속이 시원하겠지만 남은 나는 무슨 죄입니까? 목구멍까지 올라오는 말을 입안에서 모은 침을 삼키며 꾹 눌렀다. 물론 그러는 동안에도 구 팀장은 그간에 겪은 하 팀장에 대해 까발렸다. 그렇지만 난 믿고 싶지 않았다. 구 팀장은 떠나지만, 나는 남아 있어야 할 사람이다. 그들이 말하는 하 팀장이 그렇게 최악이라면 나의 미래는 오징어 게임이 되는 거였다. 그러니 한 귀로 듣고 한 귀로 흘렸다.

하지만 일주일이 채 못 되었을 때였다. 탕비실에서 다른 직원들이 수군대는 소리를 듣고 말았다. 누군가 구 팀장이 하 팀장 때문에 견디다 못해 회사를 떠난다고 말하는 걸 듣는 순간, 뭔가 한 대 세게 맞은 듯했다. 도대체 이 회사는 어떤 곳인 걸까? 여기 계속 다녀도 되는 걸까?

나는 서연과 연지에게 내 상황을 이야기했다. 갓 입사한 회사의 분위기가 이럴 때 어떻게 해야 하냐며 물었다. 그러자 서연이 아직 적응 단계니까 조금만 참아보라고 말했다. 어디든 힘든 사람 하나쯤은 있다고. 그때 연지가 불쑥 나서서 예전에 다녔던 회사의 직장 상사에 대해 말했다.

"가만 보면 세상은 또라이 천지인가 봐. 왜 나도 전 직장에 그런 또라이 있었잖아. 툭하면 사람들 이간질하고, 특히나 내 일엔 얼마나 간섭하는지. 아주 넌덜머리가 났어. 근데 있지, 그 또라이 피해 왔더니 여기도 그런 또라이가 있더라고. 그리고 만약에 내가 속한 집단에 또라이가 없지? 그럼 그 또라이는 나래. 그렇게 생각하면 속 편해질걸."

연지의 다소 엉뚱하지만 명쾌한 말을 듣고 나니 마음이 조금 풀리는 것도 같았다. 하지만 일하다 뭔가 서늘한 기운이 느껴져 돌아보면 하 팀장의 시선이 내게 꽂혀 있었다. 그때마다 감시

당하는 느낌이 들어 오싹했다. 누군가 농담조로 '이름이 하세린이라고 바세린처럼 촉촉한 줄 알면 큰일이야. 그 팀장의 눈빛이나 말을 들으면 마음이 아주 바스러진다니까' 했던 말이 떠올랐다. 그리고 그런 말은 회사에서뿐만 아니라 집에까지 따라와 마음을 복잡하게 했다.

그날 오후, 답답한 마음에 몰래 다시 취업 사이트를 열었다. 혹시라도 내가 갈 만한 곳이 있는지 찾아볼 참이었다. 얼마 전까지는 새출발의 설렘을 안겨주던 취업 사이트였는데……. 이젠 다시 도망칠 곳을 찾는 공간이 돼버렸다.

며칠이 지났다. 협력사 교육센터 정기총회가 열릴 예정이었다. 내가 할 일은 참석할 원장 이름과 배석자 이름을 다 출력해서 명패로 만드는 거였다. 입사하고 처음 맞는 일이었기에 정신 바짝 차리려고 했다. 그런데 그날 참석자 중 한 원장의 이름 명패를 그만 빠트린 거다.

"도연희 주임! 이렇게 간단하고 쉬운 일도 제대로 못 챙기는데, 앞으로 더 큰 규모에, 더 중요한 일은 어떻게 할 거지?"

하 팀장의 말끝은 어느 때보다 날카롭고 싸늘했다. 늘 조심하고 있다가 한 방에 일격을 당한 기분이라 눈앞이 하였다.

"다음부턴 좀 더 꼼꼼하게 해줘요. 신뢰는 단 한 번에 무너지는 거니까."

"죄송합니다."

내가 대답하자, 하 팀장이 돌아서서 제자리로 갔다. 몸에서 절로 힘이 빠지는 것 같았다. 손이 덜덜 떨렸다. 그때 형우가 내 팔을 툭툭 쳤다. 형우는 빨리 명패를 만들어 오자고 눈짓했다. 나는 서둘러 형우와 함께 나가 명패를 만들어 왔다. 그러고 나서 무사히 정기총회를 마쳤다.

그렇게 새로운 업무와 실수를 반복하며 보낸 하루의 끝엔 피곤으로 찌든 몸을 침대에 눕히기에 급급했다. 여전히 이곳을 다녀야 하나 마나로 계속 고민도 했다. 그러다 보니 매일 달리겠노라 다짐했던 마음은 오래된 노트 속 연필 자국처럼 어느새 희미해져 있었다. 한때 내 몸의 일부였던 러닝화는 신발장 속에서 조용히 숨죽이고 있었고, 옷장 깊숙이 넣어둔 러닝복은 오래전 헤어진 연인처럼 서서히 기억에서 멀어지고 있었다. 그 덕에 내 몸은 매일같이, 말없이 쌓이는 스트레스와 피로가 퇴적층처럼 스며들어 점점 무거워지고 있었다.

13

갈팡질팡

오늘도 사무실 문 앞에서 발걸음을 멈췄다. 유리문 너머로 익숙한 공간, 익숙한 책상, 익숙한 얼굴들이 보였다. 하지만 내 몸은 여전히 낯선 자리에 서 있는 듯 어색했다. 시간이 흘러 이제 적응할 만도 한데 이방인처럼 굴었다. 발끝에서부터 위로 타오르는 묘한 불편감이 치밀었다. 문을 밀고 들어가기 전 숨을 깊이 들이쉬었다.

사무실은 누가 봐도 멀쩡했다. 조명은 밝았고, 책상은 정돈되어 있었으며, 사람들은 제 할 일을 하고 있었다. 적어도 겉보기에는 그랬다. 하지만 내 눈에는 그 공간이 하나의 거대한 긴장 덩어리처럼 보였다. 내 자리로 걸어가 앉는 순간, 뚜렷하게 들려오는 목소리가 있었다. 낮지 않은 톤, 잘 들으라는 듯 또박또박 끊어지는 말, 익숙한 목소리의 구 팀장이었다. 오늘도 구 팀장은 어김없이 무언가에 불만을 토로하고 있었다.

자리에 앉아 모니터를 켰다. 밝아진 화면엔 어제 열었던 엑셀 파일이 그대로 떠 있었다. 숫자와 표가 나열되어 있었지만, 아무것도 머릿속에 들어오지 않았다. 손가락은 키보드 위에 놓인 채, 멈춘 상태였다. 머릿속은 어제 일로 가득 차 있었다. 오후 회의 시간이었다. 단순한 일정을 조율하는 자리였다. 하세린 팀장이 안건을 정리해 발표하는 도중, 구 팀장이 말을 끊었다.

"그러니까 이건 하 팀장님 개인 의견이지 공식적인 팀 방향은 아닌 거죠?"

정중했지만 얕은 비웃음이 섞인 어조였다. 순간 공기가 얼어붙었고, 하 팀장은 아무 말 없이 페이지를 넘겼다. 이런 순간을 맞닥뜨릴 때마다 의문이 드는 건 '정말 하 팀장이 이곳의 또라이일까?'였다. 하 팀장 건이라면 늘 날이 서 있는 구 팀장으로 인해 오히려 늘 살얼음 위에 올라가 있는 느낌이 들었다. 하 팀장의 침묵이 길어졌다. 자연스레 눈치가 보이는 분위기가 됐다.

"일단 이 안건대로 진행하고, 수정이 필요하면 그때 다시 얘기해도 될 것 같아요."

회의를 빨리 마무리 짓고 싶은 마음에 내가 말했다. 그러자 바로 구 팀장이 반응했다.

"일을 그렇게 감정적으로 처리하니까 문제라는 거죠."

아무리 봐도 감정적인 건 내가 아니라 그로 보였다. 하지만 그 자리에서 누구도 그 사실을 지적하지 않았다. 오히려 회의가 끝난 후에 하 팀장이 조용히 나를 불렀다.

"앞으로 회의 자리에서는 중립을 지키는 게 좋아요. 괜히 애매하게 끼어들면 손해 보는 건 본인이에요."

하 팀장의 차분하면서도 온기라고는 전혀 느껴지지 않은 말이 가슴을 찔렀다. 흐트러진 분위기를 정리하고 싶어 끼어든 결과가 도리어 눈총을 사게 만든 것이었다. 퇴근길, 마음이 좋을 리가 없었다. 나는 집으로 가는 버스와 집에서 계속 그 생각만 했다.

'그만두자.'
'아니야, 조금만 더 버텨보자.'
'근데 이렇게 버티는 게 맞나?'

늘 생각은 돌고 돌아 제자리였다. 마음이 끊임없이 흔들리는데, 아무도 멈춰 세워주지 않았다. 결국 나는 오늘도 흔들리는 마음을 안고 자리에 앉아, 고개를 들었다. 사무실 분위기는 쥐 죽은 듯 조용했다.

커피 한 잔이 간절했다. 자리에 앉은 지 10분도 되지 않았지만, 자리에서 일어났다. 탕비실로 향하는 걸음이 빠르지도 느리지도 않았다. 사실 탕비실이 아니라 이대로 어딘가로 도망치고 싶단 생각이 들었다.

텅 빈 탕비실, 찬 공기와 커피 향이 묘하게 섞여 있었다. 종이컵에 커피를 따르는 소리가 유일한 소음이었다. 컵을 들고 한 모금 마셨다. 쓴맛이 혀를 지나 목구멍을 타고 내려갔다. 그 짧은 순간에야 비로소 '나'라는 감각이 돌아오는 기분이었다.

"괜찮아요?"

조용히 들어선 목소리에 깜짝 놀라 돌아보니, 동기인 형우였다.

"아! 뭐… 괜찮아요. 그냥 정신이 좀 없어서."

억지로 웃었다. 형우는 그런 나를 바라보다 고개를 끄덕였다.

"어제 회의 분위기 좀 그랬죠? 근데 전 연희 주임님 말 괜찮았다고 생각해요."

뜻밖의 말이라 놀랐다. 어젠 분명히 아무도 나서지도 않았고, 그 이후로 난 하 팀장에게 깨지기만 했었다. 그런데 형우가 괜찮았단 말을 한다. 나도 모르게 형우 얼굴을 빤히 쳐다봤다.

"그냥 누군가는 말해 줘야 할 것 같았는데 아무도 안 해서요."

그 말에 가슴 한편이 먹먹해졌다. 내가 한 말이 의미 있었던 걸까. 그저 분위기를 바꾸고 싶어서 한 말이었고, 그게 실수로 돌아온 것 같아 자책하고만 있었다.

"근데 하 팀장님은 왜 그런 말을 했을까…"

무심코 중얼거렸다. 그때 잠시 고민하던 형우가 다시 말을 이었다.

"하 팀장님도 많이 지쳐 보이던데요. 요즘 몇 번 보니까 혼자 참으시는 것 같았어요. 그냥, 다들 버티는 중인 것 같아서."

그 말에 갑자기 술렁이던 마음이 가라앉았다. 나만 힘든 줄 알았는데, 모두 자기 방식으로 버티고 있었구나. 버티는 방식이 달라 서로 상처 내고, 더 멀어지는 걸지도 모른다.

커피를 다 마시고 자리로 돌아오던 길, 사무실의 풍경이 전과는 다르게 느껴졌다. 조용하지만, 그 조용함 안에 수많은 감정이 웅크리고 있었다. 모니터 앞에 다시 앉은 나는 이번엔 엑셀 창을 닫고, 새 문서를 열었다. 파일 제목을 202500××_회의정리안. docx라고 적고, 어제 회의 내용을 정리하기 시작했다. 단순히 안건만이 아니라, 논의 과정과 참석자들의 반응까지 담았다.

이게 무슨 의미일지는 모르겠다. 하지만 누군가는 이 어지러운 긴장 속에서 균형을 잡아야 한다면, 오늘은 내가 그 일을 해보고 싶었다. 작고 아주 사소하지만, 그런 선택 하나가 어쩌면 내일을 바꿀지도 모르니까.

오후 무렵, 팀 공용 메신저에 하 팀장의 메시지가 떴다.

오후 3시 회의실에서 전체 미팅 있습니다. 참석 바랍니다.

사무실 안이 순간 고요해졌다. 모두 말은 없었지만, 미묘한 긴장이 퍼지는 게 느껴졌다. 나는 문서를 저장하고, 천천히 자리에서 일어났다. 커피 한 잔을 더 마시고 싶은 마음을 눌러 담고 회의실로 향했다.

회의실에는 이미 몇몇 사람이 앉아 있었고, 구 팀장은 의자에 기대 팔짱을 낀 채 눈을 감고 있었다. 하 팀장은 무표정한 얼굴로 노트북을 켜고 있었다. 마치 전투를 앞둔 정적 같은 분위기였다. 시간이 되어 하 팀장이 조용히 입을 열었다.

"이번 주 보고 일정과 다음 분기 계획안 그리고 어제 회의 관련해 간단히 이야기하겠습니다."

잠시 그녀의 손이 노트북 자판 위를 스쳤다. 곧 문서를 띄워 프로젝터에 공유했다.

"우선 어제 일정 조율과 관련된 안건은 오늘부로 내부 공유로 확정했습니다. 그리고 회의 중에 했던 발언들과 관련해선…"

하 팀장이 말을 멈추고 주변을 둘러봤다. 눈빛이 유난히 조용하고 단단했다.

"앞으로 팀 회의에서는 서로에 대한 기본적인 존중을 전제로 대화해주셨으면 합니다."

그 말에 구 팀장의 입꼬리가 살짝 올라갔다. 익숙한 냉소였다.

"누구를 겨냥한 말씀인지는 잘 모르겠지만, 저는 그저 안건의 명확성을 위해…"
"구 팀장님!"

하 팀장이 그의 말을 잘랐다. 모두 고개를 들었다.

"말씀하시는 방식이 종종 팀원들에게 위압적으로 느껴질 수 있다는 지적이 몇 차례 있었습니다. 이번 기회에 서로 다시 돌아보는 계기가 되었으면 좋겠습니다."

회의실 공기가 싸늘해졌다. 나는 무의식적으로 손을 모았다. 누군가를 향한 직접적인 언급이 오간 건 처음이었다. 구 팀장은 입을 다물고는 고개를 약간 돌렸다. 그 순간, 하 팀장이 나를 바라보며 말했다.

"그리고 어제, 회의 마무리 멘트를 해주셨던 분 덕분에 흐름이 무너지지 않았어요. 고마워요."

순간, 하 팀장을 비롯한 모두의 시선이 내게로 쏠렸다. 나는 어쩔 줄 몰라 고개를 숙였다.

"…아, 네."

침묵 속에서 지지받는 기분이 이렇게 오는 것이구나. 하 팀장의 말 한마디는 온몸을 따뜻하게 적셨다. 회의는 곧 정리되었고, 나는 조용히 회의실을 나섰다. 어딘가에서 나지막이 웅성이는 소리가 들려왔지만, 그 소음 속에서도 마음은 평온했다. 복도 끝 창문 앞에 섰다. 창밖으로 햇빛이 어슴푸레 번지고 있었다. 어쩌면 내일도 나는 또 흔들릴지 모른다. 누군가의 말에, 무심한 시선에, 애매한 공기에. 하지만 오늘만큼은 작은 균열 속에서 나를 지켜낸 하루였다. 그것만으로도 마음이 편해졌다.

나는 천천히 숨을 들이쉬고, 다시 사무실로 향했다. 이번엔, 조금 덜 어색한 발걸음으로 뚜벅뚜벅 걸었다.

금요일 저녁, 홍대 입구 근처 좁은 골목 안 와인바로 갔다. 여름 초입이라 후덥지근한 바람이 골목을 타고 들이쳤지만, 바안은 시원하게 온도를 낮춰 조용하고 은근했다. 문을 열고 들어서자, 재즈가 낮게 흐르고, 공기엔 시트러스 계열 향초 냄새가 희미하게 퍼져 있었다. 벽에는 누런 포스터와 낡은 LP판들이 장식처럼 걸려 있어, 어디에 앉아도 이야기가 잘 나올 것만 같았다. 나는 잠시 눈을 감고 숨을 들이켰다.

"여기!"

그때 안쪽 창가 자리에 앉아 있는 연지가 손을 들었다. 옆에 서연도 함께였다. 옅은 베이지 린넨 셔츠에 슬랙스를 입은 연지는 여전히 단정했지만, 눈 밑이 짙게 꺼져 있었다. 그 옆의 서연도 민소매 원피스 위에 얇은 여름용 카디건을 걸치고 있어 단발머리와 잘 어울려 보였지만 어딘가 지쳐 보였다.

"야, 진짜 몇 달 만이야? 단톡방에서 매일 봐도 얼굴 보니까 완전 낯설다."

서연이 벌떡 일어나 나를 와락 끌어안더니 팔뚝을 툭툭 두드렸다.

"많이 힘들었어? 얼굴이 반쪽 된 것 같아."

"쯤. 요즘은 사무실 문 앞에 서서 한참을 멍하니 서 있다가 들어가. 문 하나 미는 게 왜 이렇게 어려운지……."

내가 어색하게 웃으며 말하고 있는데, 말이 채 끝나기도 전에 연지가 와인 잔을 내 앞으로 내밀었다.

"이럴 땐 그냥 마시는 거야. 말보다 먼저 목으로 넘어가야 하는 거 있잖아."

잔을 들자, 와인 특유의 달큰한 향이 코끝에 스쳤다. 짧은 찰나, 친구들의 눈빛이 오래된 담요처럼 포근하게 감싸왔다. 갑자기 '아, 살았다'라는 생각이 들었다. 와인을 몇 모금 쭉 들이켰다. 그때 연지가 먼저 입을 열었다.

"나 이번 주에 팀장이 서류를 책상에 탁 던지더라. 뭐 말은 안 했지. 근데 그 표정, '이걸 보고서라고 냈냐?!' 하는 얼굴이었어. 그걸 보는데 숨이 턱 막히더라고. 눈물도 핑 도는데……."
"헐, 정말? 무표정 유지력 최강인 네가 그 정도라면 그 회사 진짜 문제 있는 거 아니야?"

연지가 고개를 끄덕였다.

"화장실 가서 혼자 울었어. 근데 그게 더 웃긴 거지. 울면서도 이거 너무 오버인가? 했는데, 근데 참을 수가 없더라. 감정선이 너무 가늘어졌나 봐."

"나도 그제 회의 때 한 팀장이 다른 팀장 말 도중 끼어들었거든. 분위기 싸해졌지. 그래서 내가 일단 이 안건대로 진행하고 수정은 나중에 하자고 했더니, 갑자기 감정적으로 일 처리하지 말라며 정색하는 거야."

"뭐니? 그 팀장? 근데 그 상황에서도 아무도 뭐라 안 해?"

서연이 와인잔을 탁 내려놓고 말했다.

"응. 오히려 회의 끝나고 다른 팀장이 나 따로 불러서 회의에선 중립 지켜야 한다고 뭐라 하고. 다른 사람들은 양쪽 팀장 눈치 보느라 아무 말도 안 해."

"진짜 왜 다들 그렇게 비겁하게 살아? 가만히 있는 사람이 결국 손해 보는 구조라니까."

"결국은 적당히 덜 미친 사람과 같이 일하길 바라는 거지."

내가 중얼거렸다. 셋 다 피식 웃었다. 그러다 서연이 무심한 듯 한마디 했다.

"그래도 다행인 건 곧 여름휴가라는 거. 일단 다음 주 금요일까지만 버티면 돼. 그 후엔 망상 해변이다."

서연이 시작한 여름휴가 이야기는 그때부터 꽃을 피웠다. 직장에서 받은 스트레스를 이야기할 땐 시들시들하던 표정들이, 휴가 말이 입 밖으로 나오는 순간부턴 활짝 피어났다. 웃기지 않은 농담에도 웃음이 터졌고, 잠깐의 공감에도 마음이 놓였다. 휴가 이야기 하나에 이렇게 마음이 나아지고 들뜬 건 그 속에 살아 있는 사람이 있었기 때문일 거다. 어딘가 다녀온 사람이 아니라, 어딘가를 꿈꾸고 여전히 느끼는 사람. 우리는 그런 사람을 볼 때 비로소 스스로 돌아본다. 나도 저렇게 살아야겠다고, 나도 쉬고 싶다고. 그리고 나도 웃고 싶다고.

회사라는 공간은 어쩌면 '참는 법'을 가장 먼저 배우게 하는 곳인지도 몰랐다. 말하지 않는 법, 감정을 숨기는 법, 피곤해도 웃는 법. 그렇게 하루하루를 버티다 보면 자기가 진짜 어떤 사람인지조차 흐릿해진다. 그런데 친구들과의 대화 속에선 잊고 있던 것을, 바라는 것들을 과감히 내놓았다. 그 순간만큼은 일하는 사람이 아니라 살아 있는 사람이 되어 있었다. 그게 좋았다. 그렇게 마시고, 웃고, 떠드는 시간이 한없이 좋은 여름밤이었다.

14
다시 달리기

금요일 퇴근 시간, 짐 정리를 하다가 무심코 탁상 달력에 눈길이 머물렀다. 세상에! 나도 모르게 한탄이 흘러나왔다. 벌써 8월 끝자락이었다. 언제 이렇게 시간이 흐른 걸까? 시간이 마치 뒤돌아본 순간 사라지는 연기처럼, 내 삶의 틈을 조용히 빠져나가고 있었다.

"이러다 금방 12월 되겠네."
"네?"

옆자리 형우가 내 쪽으로 고개를 돌려 되묻듯 대답했다.

"아니, 형우 주임님께 한 말이 아니에요. 근데 안 가세요?"

"가야죠. 불금인데 연희 주임님은 그냥 집으로 가시나요?"

형우가 자리에서 일어나 책상을 정리하며 물었다. 난 한쪽 어깨에 숄더백을 메면서 의자를 책상 안으로 밀어 넣었다. 사실 두 시간 전 서연에게 연락이 왔었다. 간만에 불금을 즐겨보자고 하는데 내키지 않았다. 일주일 내내 보고서 작성하느라 진을 다 뺀 상태였다. 한 시간이라도 빨리 집에 가서 쉬고 싶은 마음이 굴뚝같았다.

"친구들이 만나자는 걸 피곤하다고 사양했어요. 저 먼저 나갈게요."

나는 형우에게 인사한 후 밖으로 나갔다. 바깥은 아직 한낮의 더위가 완전히 가시지 않아 후덥지근한 바람이 와락 덤벼들었다. 빌딩 사이로 얽힌 하늘은, 누군가 감정을 억누르다 터뜨린 듯한 붉은빛이 번지고 있었다. 유리창마다 붉은 노을이 반사되어 버스정류장에 서 있는 사람들의 뺨에도 노을이 옅게 스며들어 있었다.

뚜벅뚜벅 버스정류장으로 걸어가는데 코앞으로 내가 탈 버스가 도착했다. 나는 막 멈춰 선 버스 안으로 걸음을 옮겼다. 버스 안은 평소보다 널널했다. 그걸 보자 왠지 나만 빼고 불금을 즐기나 싶은 생각이 들었다. 서연 말대로 한잔하고 들어갈 걸 그랬나 하는 후회도 밀려왔다. 문득 지금이라도 만나자고 할까? 의자에 앉아 핸드폰을 한번 들여다봤다. 그때 뭉친 승모근에 나도 모르게 손이 올라갔다. 일주일 내내 모른 체한 피로가 거기에 다 몰려 있었다.

이럴 땐 그냥 쉬는 게 나아. 속으로 중얼거리며 차창 밖을 바라봤다. 주홍빛으로 곱게 물든 하늘을 보자 가슴 한가운데가 찌릿했다. 뭐랄까, 호수 한가운데로 돌멩이 하나가 떨어지는 것처럼 아릿했다. 그러더니 알 수 없는 슬픔이 꾸역꾸역 차올랐다. 순간 당황스러웠다. 근원을 알 수 없는 슬픔이 왜 찾아드는 건지 알 수가 없었다.

눈을 감았다. 이유 없이 슬픈 마음은 여전했고, 그 마음을 달래기 위해 가슴에 손을 댔다. 그러고는 심호흡했다. 몇 번을 거듭 심호흡하자 위태롭게 달려 있던 슬픔이 아래로 아래로 내려가는 느낌이 들었다. 눈을 떴다. 버스가 멈췄고 한차례 승객들이 밀물과 썰물처럼 빠져나갔다. 그 틈으로 저 멀리 도로변에서 달리는 사람들이 보였다. 다양한 연령대가 섞여 있기는 하지만 대략 20대에서 30대 사이의 남녀가 달리고 있었다.

"공기도 안 좋은데……."

나도 모르게 혼잣말이 나왔다. 문득 너무 오랫동안 달리지 않았다는 생각이 들었다. 직장을 다녀도 달리겠다고 마음먹었던 때가 있었는데 왜 이렇게 된 걸까? 그동안 달리지 않고 지나온 시간을 떠올렸다. 매일 허둥지둥 하루를 시작하고, 근근이 버티는 시간의 연속이었다. 때때로 밤이면 한숨과 고민으로 뒤척거리면서도 달릴 생각을 하지 않았다. 왜 그랬을까? 문득 내 안의 것을 해소할 수 있는 방법을 잘 알면서도 하지 않은 내가 바보처럼 느껴졌다.

집으로 들어가자마자 입사 전에 샀던 러닝팬츠와 셔츠를 꺼내 입었다. 거의 입지 않아 새것이라는 데 웃음이 났다. 이 옷을 살 때만 해도 매일 열심히 뛸 생각이었는데. 그러고 보면 무언가에 대한 결심이라는 건 허망할 정도로 약했다. 신발장에선 러닝화도 꺼냈다. 오랜만에 꺼내보는 러닝화가 새삼스러웠다. 나는 쪼그려 앉아 신발 끈을 맸다. 손끝이 낯설었지만, 그에 못지않은 설렘도 올라왔다.

"하아."

현관에 서서 숨을 크게 들이킨 후 내쉬었다. 한쪽에 내팽개쳐둔 가방에서 에어팟을 꺼내 귀에 꽂았다. 이 정도면 모든 준비가 끝났다. 밖으로 나갔다.

홍제천엔 더위를 식히기 위해 나온 사람이 많았다. 산책하거나 달리거나 자전거를 타는 사람들이 뒤섞여 시장 한복판처럼 활기가 가득해 보였다. 그것만으로도 금요일 밤 달리기를 선택한 건 잘했단 생각이 들었다. 천변으로 내려가 간단히 몸을 풀었다. 한동안 안 했던 스트레칭을 하자, 몸이 기름칠 안 된 기계처럼 뻑뻑했다.

첫걸음을 떼었다. 오랜만에 달려서일까? 뭔지 모르게 어색했고, 살짝 버거웠다. 숨도 금세 가빴다. 다리는 금방 뻐근했고, 온몸이 무겁게 느껴졌다. 하지만 나는 안다. 이 상태가 지나야 유연한 몸으로 돌아간다는 걸.

1킬로미터쯤 뛰었을까? 앞쪽에 배가 불룩 나온 중년 아저씨가 반대편에서 달려오는 모습이 보였다. 턱을 들고 땀을 뻘뻘 흘리며 힘겹게 달리는 모습이 애처로웠다. 그와 동시에 묘한 위로도 느껴졌다. 다들 힘들어하면서도 계속 달리는구나.

조금 전까지 뻣뻣했던 다리는 어느새 조금 풀려 있었다. 무거웠던 몸도 새털까지는 아니더라도 어느 정도 가벼워져 리듬감 있게 달릴 수 있었다. 이 기세라면 홍제폭포까지 갈 수 있을 것 같았다.

그래, 가보자. 나는 에어팟 볼륨을 올렸다. 타닥타닥 발소리와 인디 음악 사운드가 귓속으로 파고들었다. 심장이 팔딱팔딱 벅차올랐다. 눈을 들어 하늘을 봤다. 서서히 어둠 속으로 잠겨드는 노을 속에 별들이 떠오르고 있었다. 세상 안에 오롯이 나만이 존재하는 것 같았다. 버거운 세상 속 영원히 좁힐 수 없는 사람과의 거리도 내 두 다리로 디딜 수 있는 길이 있다면 좋을 텐데. 달리는 것은 내게 다시 나아갈 힘을 주었다. 문득 오늘 달리기야말로 불금의 가장 큰 선물이란 생각이 들었다. 당연하게도 그날 밤엔 깊은 잠을 잤다. 아주 오랜만이었다.

다시, 달리기는 습관이 되었다. 매일은 아니지만, 달리는 날엔 확실히 달랐다. 몸에 열이 돌고 땀이 흘러내리면 생각도, 감정도, 쓸데없는 자책도 사라졌다. 발끝에 집중하며 뛰는 시간에는 회의실 공기 대신 바람을 마시고, 형광등 대신 햇살을 쬐고, 눌린 어깨 대신 땀에 젖은 어깨를 느낀 때문인지 내가 달라지고 있었다.

어느 날 회의 시간 전이었다. 하 팀장이 내 보고서를 꼼꼼히 살피더니 다시 넘기며 말했다.

"이거 지난 자료랑 뭐가 달라요?"

늘 말과 동시에 이맛살을 찌푸리는 하 팀장이 나를 한 번 올려다봤다. 하지만 예전처럼 심장이 쿵 내려앉지는 않았다. 나는 차분히 말을 이었다.

"비교 분석 방식이 달라졌습니다. 뒷부분 확인해보시면 아실…"

하 팀장은 아무 말 없이 다시 보고서를 살폈다. 손가락이 움직일 때마다 약간 조마조마하긴 했지만 견딜 만했다. 혹시 날카롭게 말하더라도, 이제 나는 조금 더 단단해진 채 돌아설 수 있었다.

"일단 알겠어요. 이따가 회의 시간에 이야기합시다."

긴 침묵 끝에 하 팀장은 일어나 사무실 밖으로 나갔다. 나도 내 자리로 가 앉았다. 무심코 내 눈길이 막 사무실 밖으로 나가는 하 팀장 뒷모습에 가닿았다. 머리카락 한 올 흐트러짐 없이 단단히 묶인 포니테일 헤어에, 칼같이 다려진 흰 셔츠를 입은 모습에 어딘지 모르게 긴장감이 돌았다. 문득 그녀가 나쁜 사람이라기보다 자기방어에 익숙한 사람이 아닐까 하는 생각이 들었다. 말투가 딱딱한 건 그녀가 늘 긴장 속에서 일하기 때문이고, 무표정은 쉽게 드러낼 수 없는 책임의 무게일 수도 있겠단 생각이 들었다.

그렇게 생각하자 그녀가 조금은 다르게 보였다. 그것만으로도 바뀐 사람은 그녀가 아니라 나임을 깨달았다. 다시 달리면서, 그녀를 대하는 내 호흡과 리듬이 달라진 것이다.

 달리기는 내 안의 숨겨진 나를 다시 불러냈다. 처음엔 단지 땀을 흘리는 행위였고, 머릿속을 비우기 위한 도망이었다. 하지만 매일 몇 킬로씩 내 발로 길을 밀어내다 보니, 내 삶 전체의 균형이 조금씩 바뀌었다. 숨이 찰 때마다 나는 내 감정을 정확히 느낄 수 있었고, 힘들어질수록 '포기하지 말자'라는 말을 내 안에서 꺼낼 수 있었다. 뛰는 동안은 누구의 말도, 평가도 들리지 않았다. 오직 내 발소리, 숨소리 그리고 흘러가는 시간만이 존재했다. 그 시간은 내가 잊고 살던 나 자신과 다시 연결되는 시간이었다. 세상의 속도에 맞춰 살아가느라, 정작 나에게 필요한 리듬을 잃고 있었음을 깨닫게 했다.

 결국 달리기를 다시 시작한 건, 몸을 살아나게 했다. 몸이 살아나자 마음도 따라왔다. 마음이 점점 단단해지면서 사람을 대하는 눈까지 달라졌다. 하 팀장을 완전히 이해하지는 못했지만, 적어도 받아들일 수는 있었다. 내게는 큰 변화였다. 그리고 지금의 나는, 누가 나를 어떻게 보든지 나 자신으로 다시 달리는 것만으로도 내가 소중했다. 모든 것이 소중했다.

15

홍제폭포

종일 뒹굴뒹굴하다 늦은 저녁이 되어서야 몸을 일으켰다. 일주일의 피로를 이렇게 푸는 게 맞나 싶으면서도 그냥 퍼져 있고 싶은 마음이 컸다. 하지만 하루 종일 아무것도 안 해서인지 오히려 몸이 무거웠다. 이불은 뒤엉켜 있었고, 거실에 뜯다 만 간식 봉지와 택배 상자가 흩어져 있었다. 그걸 보니 정신이 더 어질했다. 어떻게 해야 하나? 잠시 멍하니 천장을 보다가, 냉장고 문을 열었다가 다시 닫고, 핸드폰을 들었다 놨다. 그러다 결국 러닝화를 꺼냈다.

 밖으로 나가자, 밤공기가 후끈했다. 낮 동안 달궈진 도심이 아직 식지 않은 듯, 시멘트 바닥에서 열기가 올라왔다. 그래도 조금씩 몸을 움직이자 깨어나는 기분이 들었다. 나는 정자 아래로 내려가 천천히 걷다가 뛰기 시작했다. 종일 시체 놀이를 했던 몸은 스트레칭까지 건너뛰어서인지 뻣뻣했다. 하지만 어느 정도 달리고 나자, 리듬을 되찾은 듯 발걸음이 부드럽게 풀렸다.

몇 구간 쭉 달려서 곧 홍제폭포에 이르렀다. 신기하게도 같은 천변이지만 홍제폭포 앞은 공기의 결이 다르게 느껴졌다. 불과 몇 미터 차이도 나지 않는데, 마치 분리된 공간처럼 더 시원했다. 나무 사이로 조명이 비치고 멀리서부터 들려오는 물소리가 심장을 톡톡 두드리는 것 같았다.

홍제폭포는 밤이 더 예뻤다. 인공조명이 수직으로 떨어지는 물줄기를 감쌌고, 물안개가 하늘하늘 떠오르며 주변을 몽환적으로 감쌌다. 물줄기 아래로는 희부연 것이 연기처럼 흘렀고, 그 아래로 반짝이는 물방울들이 빛을 받아 흔들리고 있었다. 조용히 흐르는 물소리는 마치 잊고 있던 기억을 되짚듯, 천천히 마음에 스며들었다.

사람들이 더러 있었지만 말소리는 거의 들리지 않았다. 나는 폭포를 정면으로 바라볼 수 있는 벤치에 앉아 멍하니 떨어지는 물을 바라봤다. 생각도, 감정도 잠시 멈춘 채 그저 바라보았다. 그렇게 한참을 멍하니 앉아 있을 때였다. 오른쪽 어깨 너머로 뭔가가 스윽 다가왔다. 차가운 기운이 먼저 전해졌고 고개를 돌리자, 투명 컵에 담긴 아이스 아메리카노가 눈앞으로 다가왔다.

"커피 수혈 어때요?"

나는 화들짝 놀라 컵 너머로 얼굴을 확인하기 위해 시선을 올렸다. 내 앞엔 땀이 밴 회색 반팔 티셔츠를 입은 지훈이 보였다. 지훈은 막 달리고 왔는지 이마엔 땀이 송골송골 맺혀 있었고, 상기된 얼굴은 웃고 있었다.

"지훈 씨?"
"진짜 연희 씨 맞군요? 여기서 이렇게 딱 마주치니까……. 잠깐, 꿈인가 싶었어요. 참, 저 옆에 앉아도 돼요?"

지훈의 말끝이 살짝 떨릴 정도로 들떠 보였다. 그런데 그 마음도 전염이 되는 걸까? 그의 떨림이 그대로 내게도 전해졌다. 생각지도 않은 시간과 장소에서 지훈을 만나자 놀랍고 반갑기로는 나도 마찬가지였다.

"아, 네네. 앉으세요."

나는 앉아 있던 벤치에서 엉덩이를 떼어, 옆으로 살짝 비켜 앉았다. 곧 지훈이 조심스럽게 내 옆에 자리를 잡으며 커피를 마시라는 손짓을 건넸다. 나는 얼른 투명 컵에 꽂힌 빨대를 입에 물었다. 차가운 액체가 목을 타고 들어가자, 얼떨떨했던 감각이 조금씩 풀리는 듯했다.

"어떻게 지내셨어요? 한동안 안 보여서… 어디 이사 가신 줄 알았어요."

"켁, 이사요?"

지훈의 말에 순간 커피가 목에 걸렸다. 헛기침을 몇 번 하고서야 겨우 말을 이었다.

"그건 아니고요. 새로 직장에 들어가서요. 좀처럼 시간이 안 나더라고요."

지훈은 살짝 웃으며 고개를 끄덕였다.

"시간이 안 난 게 아니라… 달리기를 잊으신 건 아니고요?"

그 말에 피식 웃음이 났다. 변명인 게 들통난 기분이었다. 직장 생활을 하면서도 여전히 달리는 그라면, 내 말을 한 번에 꿰뚫을 것이었다.

"맞아요. 까맣게 잊고 있다가 요즘에서야 다시 조금씩 뛰고 있어요."

지훈은 벤치 등받이에 살짝 기댔다. 나는 남은 커피를 다시 한번 들이켰다.

"다 그래요. 우선순위에서 밀려나면 늘 그런 식이 되더라고요. 미뤄지고, 잊히고, 결국은 사라지죠."

"잊히고… 사라져요?"

나는 지훈의 말이 아리송해 되물었다. 그는 고개를 살짝 끄덕이며 천천히 말을 이었다.

"해야지, 해야지 생각하면서도 다른 일이 생기면 자꾸 뒤로 미뤄지잖아요. 그러다 보면 처음엔 조금씩 잊고, 나중엔 그게 있었는지도 모르게 돼요. 결국은 완전히 놓아버리게 되죠. 찾을 생각조차도 안 하고."

그 말이 왠지 마음 한구석을 쿡 찌르고 지나갔다. 잊어버린 것들이 단순한 실수가 아니라, 무심코 흘려 버린 내 마음이었다는 걸 깨달은 순간처럼. 지훈은 다시 내 얼굴을 바라보며 부드럽게 웃었다.

"그래도 연희 씨는 되찾았네요. 그거 정말 다행인 거예요."

지훈의 입에서 '다행'이라는 말이 튀어나왔다. 다행! 문득 이 한마디가 이렇게 따뜻한 말이었나 생각하며 조용히 입안에서 굴렸다. 보들보들하면서도 달콤한 마시멜로를 물고 있는 듯 마음 깊숙한 곳까지 사르르 녹아내렸다. 이토록 순한 온기를 누군가에게 받아본 적이 언제였을까? 금방 떠오르지 않은 걸 보면 꽤 오랜 시간 없던 일이지 싶다. 그 생각을 하니 새삼 지훈이 고맙고, 무엇보다 가슴이 뛰……. 나는 슬쩍 지훈의 얼굴을 돌아보다 돌렸다. 너무 나간 것 같았다. 그렇지. 이건 아니지. 나도 모르게 살살 고개를 내저었다.

"연희 씨, 왜 그러세요?"
"뭐, 뭐가요?"

지훈이 손으로 내 머리를 가리켰다. 그제야 지훈의 말뜻을 알아챈 난 겸연쩍게 웃으며 손사래를 쳤다.

"아, 아무것도 아니에요. 그냥… 그러니까 모기! 네, 모기 때문에……."

들킬 염려는 없지만 혹시라도 내 마음이 새어 나갈까 봐 어설픈 변명을 늘어놓았다. 그러자 지훈의 입꼬리가 천천히 올라갔다. 눈가에 얇은 주름이 잔잔히 그려지며, 한껏 부드러운 미소가 번졌다. 마치 첫눈처럼 조용히, 그리고 사뿐히 스며드는 웃음이었다. 그 순간, 마음 한가운데가 몽글몽글 부풀었다. 말랑하고 따뜻한 무언가가 안에서 피어나는 기분. 헉! 나 지금 무슨 생각하는 거야?

"가… 갈까요?"

나도 모르게 자리에서 벌떡 일어났다. 그 바람에 옆에 놓아둔 투명 컵이 툭, 바닥에 떨어지며 속의 얼음이 바닥으로 흩어졌다.

"어머나!"
"괜찮으세요?"

지훈이 놀란 눈으로 나를 한 번 살피더니, 얼른 바닥에 널브러진 컵을 주워 들었다. 난 민망한 마음에 그가 들고 있는 컵을 덥석 잡았다. 그런데 이를 어째. 이번엔 내 손이 지훈의 손 위에 겹쳐졌다. 잠깐, 시간이 멈춘 듯했다. 멀리서 들려오는 폭포의 낮은 숨결 소리가 배경으로 밀려나고 내 의식은 손끝으로만 집중됐다. 뜨겁지도 차갑지도 않은 손의 온기. 하지만 분명히 무언가가 스쳤다. 전류처럼 찌릿한 감각이 손바닥을 타고 심장까지 번졌다.

화들짝 놀란 내가 급히 손을 뗐다. 지훈이 살짝 눈을 내리깔며 웃었다. 도대체 오늘 왜 이러는지 모르겠다. 우연히 만나 반가운 것까진 좋은데, 자꾸만 실수했다.

"제가 버려도 되는데…"
"괜찮습니다. 제가 버리고 올게요. 참, 혹시 저 건너편 물레방아에 가보셨어요?"

지훈이 어둠 속에 잠긴 맞은편 쪽을 가리켰다. 그가 가리킨 곳은 나지막한 집과 진초록 나무들이 그림자처럼 겹겹이 어우러진 곳이었다. 가로등 불빛이 물살에 반사되어, 검푸른 밤 안에서 반짝이며 흔들렸다. 멀리서 바라보는 그 풍경은 마치 오래된 동화 속 한 장면처럼 보였다.

"아니요. 아직요. 가봐야지 하면서도… 왠지 혼자선 잘 안 가게 되더라고요."

그랬다. 그 뒤쪽으로 산책하기 안성맞춤인 산책로가 있다는 것도 들었지만 이상하게 잘 안 가게 되었다.

"잘됐네요."

지훈이 옅은 웃음을 지으며 말했다.

"그럼, 오늘은 혼자가 아니라 둘이니까 가보실래요?"

나는 대답을 미룬 채 천천히 건너편을 바라봤다. 어둠 속이라 물레방아가 돌아가는지 아닌지 확인되지 않았지만, 그 주변을 감싸고 선 나무들은 바람결에 살짝 흔들렸다. 혼자였다면 어둠 속을 뚫으면서 저길 가진 않을 것이다. 애초에 갈 생각조차 하지 않을 것이다. 그런데 지훈의 말 한마디에 그 어둠이 왠지 덜 낯설게 느껴졌다. 별안간 궁금해졌다. 그보다 그가 왜 지금 그곳에 가고 싶어 하는지도.

"좋아요. 가보죠. 뭐……."

말끝을 흐리며 살짝 웃었다. 그런데도 내 안엔 어쩐지 작은 떨림이 퍼지고 있었다.

우리는 조용히 걸음을 맞췄다. 왼편에선 폭포수가 계속해서 떨어졌고, 발아래엔 징검다리가 어둠 속에서 가만히 드러났다. 널찍한 돌이지만 발을 뗄 때마다 징검다리 사이로 퍼지는 물소리가 자꾸만 심장을 두드렸다.

"조심하세요. 밤엔 바닥이 잘 안 보여서 미끄러질 수 있으니까."

먼저 징검다리를 건너던 지훈이 뒤돌아보며 말했다. 난 알았단 뜻으로 고개만 끄덕이며 묵묵히 그의 뒤를 따랐다. 하지만 지훈은 징검다리를 다 건너고 울퉁불퉁한 길을 걸을 때까지도 계속 조심하란 말을 했다. 어딜 걷든 몇 걸음 걸을 때마다 '바닥 조심'을 외치며 살펴주니까 기분이 묘했다.

"지훈 씨는 원래 이렇게 세심해요?"

조심, 이란 말을 수도 없이 들은 끝에 물레방아 앞에 도착했을 무렵, 내가 물었다.

"세심히요? 뭐가…?"

지훈이 내 말의 의미를 모르겠단 표정을 지었다. 그 표정이 정말 전혀 모르겠단 표정이어서 물어본 내가 민망할 정도였다.

"아니, 오면서 계속 바닥 조심하라고 했잖아요? 그 정도면 엄청 세심한 건데."
"아, 난 또 무슨 말인가 했네요. 사실은 그와 반대였어요. 무디고 둔한 사람이랄까요. 전 여친도 그게 가장 큰 불만이었거든요. 근데 이렇게 바뀐 게 다 마라톤하면서 생긴 거예요."

아무리 달리기를 좋아해도 그렇지, 무슨 얘기를 해도 결국 결말은 달리기라니. 듣다 보니 슬슬 '또 시작이군' 싶은 표정이 절로 지어졌다. 물론 티를 안 내려고 최대한 포커페이스를 유지했지만. 아무튼 지훈은 다시 조용히 입을 열었다.

"대회에 나가면 오르막도 있고, 바닥이 고르지 않은 곳도 많아요. 다들 처음 가보는 길이니까 조심한다고 하지만 사고는 언제든 일어날 수 있거든요. 그런데 같이 뛰는 크루들이 앞서 가면서 꼭 말해줘요. '바닥 조심', '오르막 나와요' 같은 거요. 그걸 계속 듣다 보니 저도 어느새 습관처럼 몸에 밴 것 같아요. 이렇게 말하면 좀 그렇지만 달리기가 제 인성까지 바꿔 준 것 같아요. 그래서 어쩌면 달리는 연희 씨가 더 눈에 들어왔는지도 모르겠지만요."

나는 말없이 고개를 끄덕였다. 내 안에서도 달리면서 어느새 달라진 호흡과 달라진 마음을 느끼고 있었으니까. 몸의 리듬이 삶의 리듬을 바꾼다는 걸, 조금은 알 것 같았다.

그때 갑자기 지훈이 화제를 돌렸다.

"연희 씨, 이 물레방아에 전설이 있다는 거 아세요?"

전혀 들어본 적 없는 이야기였다. 나는 어깨를 으쓱이며 고개를 저었다.

"에이, 뭐예요? 연희동에 사신다면서요?"
"연희동하고 물레방아하고 뭔 상관인데요? 아니 이 동네 산다고 다 알 거라고 생각하는 것은 넘 오버 아니에요? 아무튼 말해보세요. 무슨 대단한 비밀이라도 있는 거예요?"

내 말에 지훈은 입꼬리를 올리며 싱긋 웃었다. 그 미소가 어쩐지 장난스러워 보여서 살짝 약이 올랐지만, 모르는 이야기이니 듣기로 했다.

"이 물레방아 말이에요. 전생에 못 이룬 인연들이 여기서 다시 만난대요. 그리고 두 사람의 심장이 동시에 두근거릴 때, 이 물레방아가 거꾸로 돈대요. 그러면 그 인연은 이번 생에선 끝까지 이어진다네요."

헛웃음이 나올 법한 이야기였지만, 이상하게 가슴이 떨렸다. 나는 괜스레 가슴 한가운데에 손을 얹어보았다. 그리고 멈춰 있는 물레방아를 바라봤다. 꼼짝도 하지 않고 고요하게 선 그것은 아무 일도 없다는 듯 밤공기 속에 잠겨 있었다.

"우린 전생의 인연은 아닌가 봐요. 물레방아가 꼼짝도 안 하잖아요."

내 말에 지훈은 대답도 없이 크게 웃었다. 얼마나 호탕하게 웃는지 순간 어리둥절해졌다.

"거짓말이에요. 그런 전설 없어요. 제가 지어낸 거예요. 하하하."
"뭐예요, 진짜. 지금 저 놀린 거예요?"

나는 순간 속아 넘어간 게 부끄러워 지훈의 팔을 툭 쳤다.

내 속을 들킨 것 같아 얼굴까지 화끈 달아올랐다.

"미안해요, 미안. 근데…"

지훈이 한결 조용한 목소리로 말했다.

"우리가 자꾸 이렇게 마주치는 거 보면, 인연은 인연 아닌가요?"

그 말에 나는 아무 대꾸도 못 한 채, 잠시 멈춰 선 물레방아만 바라보았다. 지훈 말대로 이 정도면 정말 인연이 아닐까? 하지만 가까이 살아서 우연히 마주칠 수도 있는 것 아닌가? 다만 마주치는 사람 중에 누군가와는 말을 나눴고, 또 누군가는 말 한 번 나눠보지 못한 차이가 아닐까. 생각에 잠겨 있자 폭포에서 떨어지는 물소리가 귓가에 잔잔하게 울렸다. 그 고요한 소리에 잠시 귀를 맡겼다. 그사이 지훈이 조심스럽게 입을 열었다.

"우리 이번 가을에 마라톤 대회에 같이 나가볼래요? 제가 연희 씨 페이스메이커 해드릴게요."

나는 천천히 고개를 돌려 그를 바라봤다. 그 얼굴엔 미소가 은은하게 번져 있었고, 그 미소는 마치 오래전부터 나만을 위해 간직해온 것처럼 자연스럽고 조용했다. 누군가에게 허투루 보여주지 않는, 마음 깊은 곳에서 올라온 미소. 어떤 꾸밈도 계산도 느껴지지 않은 억지로 웃는 사람에게선 절대 나올 수 없는 결이었기에 더 마음이 갔다.

물레방아는 멈춰 있었지만, 내 안에서는 무언가 조용히 돌아가고 있었다. 오랫동안 정지되어 있던 감각 하나가 살며시 깨어나는 듯한 기분. 그가 웃을 때마다 마치 내 마음의 톱니바퀴 하나가 맞물려 돌기 시작하는 느낌이었다.

어쩌면 인연이란 이런 걸까. 눈에 보이지는 않지만, 그럼에도 서로를 향해 꾸준히 움직이는 어떤 흐름. 강요하지도, 서두르지도 않으면서 서서히 가까워지는 것. 그 생각을 하자 홍제폭포의 공기가 유난히 부드럽게 스며들었다. 물소리는 낮게 울렸고, 바람은 나뭇잎 사이를 조심스레 훑고 지나갔다. 바람을 한 모금 들이마실 때마다 마음은 말갛게 맑아졌고, 그가 곁에 있다는 단순한 사실만으로도 가슴 한편이 따뜻하게 부풀어 올랐다.

16
마감은 달려야 제맛

목요일, 막 지하철 출구 앞에 서서 스마트워치를 확인했다. 오전 8시 47분. 지각은 아니었지만, 딱히 여유롭지도 않은 시간이었다. 나는 헐레벌떡 뛰어 회사 근처 편의점으로 갔다. 늦잠을 자는 바람에 아침을 건너뛰어 바나나 한 개와 물 한 병을 샀다. 이럴 때 보면 목요일은 몸이 안다. 월화수의 피로가 차곡차곡 쌓여, 어떻게든지 티를 내는 걸 보면 말이다. 사실 요즘은 하루하루가 더 빠듯했다. 기본적인 업무에 기획안 마감이 겹쳐 있었고, 다른 팀에서 갑작스럽게 협업을 요청하는 일이 종종 있었다. 게다가 팀 내부에서 이직자가 생긴 후, 기획 업무의 대부분이 내게 집중되었다. 그러니 하루하루 시간이 빠듯할 수밖에 없었다.

사무실 안으로 들어가자 이미 출근한 하 팀장이 제일 먼저 보였다. 오늘도 표정을 보니 전날의 피로가 안 가신 듯한 푸석한 얼굴이었다. 팀에 이직자가 생기면서 힘들어진 사람은 나만이 아니었다. 하 팀장도 책임이 커져서인지 요즘 부쩍 예민해 보였다.

'오늘은 퇴근하자마자 무조건 달려야지.' 난 팀장에게 인사하면서 속으로 다짐했다. 지난번 지훈을 만나고 나선 정말 더 자주 달리자고 마음먹었으나 그게 쉽지 않았다. 그러다 보니 이번 주에도 한 번도 달리지 못했다. 모르긴 모르지만 하 팀장 얼굴을 보니, 왠지 내 얼굴도 피곤에 찌들어 있을 것 같은 생각이 들었다. 그렇다면 가장 시급한 건 달리기였다. 가슴이 뻥 뚫리도록 뛸 때라야 유일하게 숨구멍이 열리니까. 그래야 차곡차곡 쌓이고 있는 스트레스와 피곤도 풀릴 것이었다.

하지만 인생은 사소한 계획도 제대로 되는 법이 없었다. 오후 5시 30분이 되자 모니터에 한 통의 메일이 도착했다.

제목: [제안] 2025년 글로벌 소프트웨어 인재 양성 프로젝트 운영 제안서 검토 요청

제목만 봐도 머리가 띵하면서 부담이 밀려왔다. 거기에 메일 내용은 길고 정제된 문장으로 '기한 내 제출 필요', '기획안 요약본 별도 첨부', '제출 서류 20종 이상 확인 요망' 따위의 문구가 반복되고 있었다.

"이걸 오늘 안으로 한다고?"

나도 모르게 혼잣말이 툭 튀어나오면서, 손에 쥔 마우스에 힘이 들어갔다. 그때 등 뒤에서 인기척이 느껴졌다.

"연희 주임, 이거 지난 분기 기획안이에요."

하 팀장이 출력물을 내 앞으로 내밀었다. 나는 깜짝 놀라 멍한 눈으로 출력물과 하 팀장을 번갈아 쳐다봤다.

"제가 예전에 했던 거랑 살짝 결이 비슷하긴 한데 참고해보면 좋을 것 같아요."

어쩐지 이 말은 '내 걸로 다시 써라' 하는 것 같았다. 그럴 거면 처음부터 그걸 토대로 하라 할 것이지 이제 와서 왜 이러나 싶었다. 하지만 나는 익숙한 미소를 지으며 '넵' 하고 대답했다.

곧바로 업무에 들어갔다. 먼저 제안 본문을 뜯어보니 요약본은 시각적 흐름까지 고려해 PPT로 따로 작업해야 했다. 가격 산출 근거표는 예산 편성 기준을 다시 맞춰야 했고, 참여인력 이력 사항도 전부 갱신이 필요했다. 나는 파일을 열어 메모장에 항목을 적기 시작했다.

- 제안서 원문 검토 및 수정
- 발표용 요약PPT 7부
- 가격제안서 및 산출 근거표
- 사업실적증명서 확인
- 참여인력 이력 갱신
- 보안서약서, 개인정보동의서 등 부속 서류 정리

메모장에 기록하는데 한숨이 절로 나왔다. 아무리 봐도 오늘 안에 끝내긴 힘들 것 같았다. 이쯤 되면 오늘은 퇴근이 없을 수도 있겠다 싶었다. 게다가 아직 별로 한 것도 없는데 벌써부터 목이 뻣뻣해지면서 어깨도 굳었다. 문득 지옥문이 열린 기분이 들었다.

가급적 야근을 지양하지만, 오늘만은 야근 필수가 돼버렸다. 저녁 7시 50분이 되자, 사무실 불은 거의 다 꺼지고 있었다. 옆자리 선배도 슬며시 가방을 챙기며 속삭였다.

"연희 씨, 이거 진짜 오늘까지야?"
"네. 오늘 밤은 그냥 여기서 꼼짝 말아야 할 것 같아요."

나는 웃으며 대답했지만 좀처럼 입꼬리는 올라가지 않았다. 한 사람 한 사람 퇴근하고 나자, 사무실은 쥐 죽은 듯 조용했다. 간헐적으로 내가 두드리는 키보드 소리와 창밖 도로에서 가끔 지나가는 차량 소리만이 고요를 건드렸다. 그리고 뱃속에서 들리는 꼬르륵 소리. 참아보려 했지만 더는 참을 수 없을 만큼 꼬르륵거렸다.

출출해진 배를 움켜쥐고 편의점으로 향했다. 목요일 저녁이라 그런지 편의점 안에는 사람이 별로 없었다. 안쪽으로 들어가 3분짜리 김치볶음밥과 달걀장조림 캔을 골랐다. 그러고는 카운터로 가져가, 나도 모르게 중얼거렸다.

"오늘도 저녁은 전자레인지 요리구나."

편의점 직원이 의례 공감하는 듯한 미소를 살짝 지었다. 그걸 보자 마치 내 하루를 들킨 것처럼 민망했다. 계산을 마치고 돌아가는 길, 연걸즈 단톡방에 알림이 떴다. 서연이 짤 하나를 올렸다.

퇴근을 꿈꿨지. 하지만 그건 환청 같은 환상일 뿐이지.

짤 속엔 밤하늘을 배경으로 흐느끼는 곰 인형이 서 있었다. 오늘은 나만 야근하는 게 아니구나. 그 생각을 하자 피식 웃음부터 나왔다. 얼른 손가락으로 우는 모양의 이모티콘을 하나

눌렀다.

책상 앞에 다시 앉아 김치볶음밥을 입에 넣으며 작업을 이어 나갔다. PPT 슬라이드 여백을 맞추고, 표 도형을 정렬하는 일은 생각보다 시간이 많이 걸렸다. 중간에 한 번 파일 저장을 깜빡해, 1시간 넘게 작업한 페이지가 날아가기도 했다.

"으아아… 진짜 조용히 퇴사하고 싶으다."

머리를 감싸쥐고 한참을 멍하니 앉아 있다가 인쇄 버튼을 눌렀다. 착착 인쇄물이 나오는 소리가 들렸다. 잠시 심호흡을 하고 의자에 등을 기댔다. 그때였다. 갑자기 프린터에서 '삐삐삐' 하는 기계음이 울렸다. 벌떡 몸을 일으켜 화면을 봤다. 화면에 '용지 걸림' 메시지가 보였다. 허탈한 표정으로 한숨을 푹 내쉬었다.

"하아… 진짜 넌 왜 꼭 내가 바쁠 때만 이러더라?"

나는 자리에서 일어나 프린터기 앞으로 갔다. 조심스럽게 커버를 열어 용지를 잡는데, 손가락 끝에 종이의 날카로운 끝이 스쳤다.

"아오, 진짜 가지가지 한다."

시계는 어느새 11시가 넘어 있었다. 마지막 저장 버튼을 누른 후, 의자에 등을 깊게 기대며 고개를 뒤로 젖혔다. 천장이 흔들리는 것 같았다. 그럼에도 까부라지진 않았다. 이럴 때 보면 내 몸이 예전과는 확실히 달라진 느낌이 들었다. 뭐랄까, 버티는 힘이 좋아졌다고 해야 하나? 가만, 이게 바로 러너들이 말하는 달리기의 힘인가? 그때 조용히 누군가 다가오는 발걸음 소리가 들렸다. 후다닥 몸을 일으켜 뒤를 바라봤다.

"팀장님!"

나는 멍한 눈으로 하 팀장을 올려다봤다. 사무실에 나 혼자 있는 줄 알았는데 아닌 모양이었다. 그제야 내가 계속 일하느라 팀장실 불이 켜졌는지 꺼졌는지 확인을 안 했다는 걸 알았다. 뚜벅뚜벅 걸어온 하 팀장이 종이컵에 담긴 커피를 내밀었다. 따뜻한 커피 향이 금세 내 주변으로 퍼졌다.

"고생 많았어요."

하 팀장의 입가에 작은 미소가 어렸다. 하지만 늦은 시간이라 그런지 목소리는 살짝 갈라졌다.

"나도 입사하고 처음 철야할 땐 중간에 화장실 가서 울었어요."

그 말에 내 눈이 동그래졌다. 다른 사람도 아니고 천하의 하세린 팀장이 울었다고? 그것도 화장실에서?

"잠깐 살펴봤는데 오늘 거 꽤 잘 나왔어요. 내일 팀장들 회의 때 보이면 칭찬받을 것 같아요."
"감사합니다. 팀장님… 근데 왜 아직 안 가셨어요?"
"그때 나도 누군가 옆에 있어줘서 버틸 수 있었거든. 연희 주임도 나중에 그런 사람이 되길 바랄게요. 자, 이제 다 된 것 같으니까 난 이만 가볼게요."

하 팀장이 인사한 후 출입문 쪽으로 갔다. 난 자리에서 벌떡 일어나 꾸벅 인사했다. 그녀가 나가고 난 뒤, 나는 다시 조용히 자리에 앉았다. 조금 전 그녀가 건네준 커피를 멍하니 바라봤다. 커피는 이미 식어 있었고, 미지근해져 희미한 향만 났다. 그런데 이상하게도 내 마음이 한결 따뜻해진 기분이었다.

그 따스함은 어디서 온 걸까. 하 팀장의 말투가 달라서? 친절해서? 그것만은 아닌 것 같았다. 나는 방금 전에 하 팀장이 내게 한 말을 되짚어 봤다. 어쩌면 그건 예상치 못한 공감 때문이 아니었을까? '늦은 밤까지 함께한 동료.' 이건 꽤 오래 가슴에 맴돌 일이었다. 괜스레 마음 한켠이 저릿하면서도 따뜻했다. 가만, 이쯤 되면 야근도 쓸 만하다고 해야 하나. 아니, 아니, 그럼에도 야근은 사양이다. 만약 매일 야근하라고 하면 그건 퇴사각이다. 그나저나 오늘 달리기는 내일로 미뤄야 하나? 오늘은 무슨 일이 있어도 꼭 하려고 했는데. 에효, 아무래도 자주 뛰려면 대책을 세워야 할 것 같다.

금요일 아침 회의실. 출근하자마자 9시 회의에 맞춰 분주히 움직였다. 테이블 위에는 어제 준비한 프린트물과 요약본을 정리해 놓고, 마실 음료도 챙겼다. 몇 시간 자지 못한 얼굴은 화장으로도 감추지 못했고, 눈가엔 부기가 그대로 남아 있었다. 그래도 마음만은 전날보다 훨씬 담담했다. 이미 최선을 다했다는 자신감 때문이었다.

곧 회의실로 차장, 팀장, 본부장까지 모였다. 바로 회의가 시작되었고, 회의가 시작된 지 얼마 되지도 않았는데 날 선 말이 몇 번 오갔다. 그걸 지켜보고 있으려니 아까까지 담담했던 마음이 조금 떨렸다. 그러는 사이 본부장이 슬쩍 내가 만든 기획안을 집어들어 살폈다. 잠깐 공기가 바뀌었다. 나는 무심한 척 고개를 숙였지만, 손바닥에선 이미 식은땀이 배어 나와 천천히 손가락 사이를 적시고 있었다. 덩달아 목덜미도 서서히 뻣뻣해졌다.

"음… 이 기획안 이번 분기 중에서 가장 깔끔하게 정리됐네요. 슬라이드 발표 자료도 좋고…"

말이 끝나자, 박수 소리가 들렸다. 과하지도, 작지도 않은 박수였다. 하지만 내게 그 소리는 마치 무대 위에서 조명을 받으며 듣는 것처럼 또렷하게 들려왔다. 슬그머니 눈길을 돌리자 하 팀장이 나를 보고 조용히 고개를 끄덕였다. 어젯밤, 커피를 건네던 그 순간과 같은 표정이었다. 그제야 나는 짧은 숨을 고르며 살포시 웃었다. 피로는 입꼬리에 매달려 있지만, 속은 깊게 숨을 내쉰 듯 후련했다.

회의가 끝난 후, 얼마 지나지 않아 점심시간이 되었다. 사무실 안은 다들 점심 먹으러 간 탓에 텅 비어 있었다. 나는 사무실 캐비닛에서 전에 넣어둔 운동화를 꺼냈다. 퇴근 후에 뛰려고 넣어둔건데 오늘은 지금 당장에 뛰고 싶었다.

막 구두를 운동화로 바꿔 신고 잠깐 멈춰 입고 있는 옷을 살폈다. 달리기에 불편한 옷차림은 아니었지만 달리고 나서가 문제였다. 바깥은 아직 더위가 가시지 않아, 지금 이 날씨에 뛰면 땀이 날 터였다. 다시 돌아와 오후 업무도 해야 하는데 어쩌지?

그래도 오늘만큼은 놓치고 싶지 않았다. 어젯밤의 답답함을, 편의점 도시락과 커피로 눌러 담았던 감정을 온전히 털어낼 수 있는 시간은 지금뿐이었다.

"조금만 가볍게 뛰고 오지 뭐."

혼잣말처럼 중얼거리고는 에어팟을 귀에 꽂았다. 옷은 입은 상태로 회사 아이디 카드만 호주머니에 챙겼다. 그리고 밖으로 나갔다.

사무실 건물 뒤편에 있는 작은 공원길로 갔다. 그쪽은 간간이 그늘진 흙길이 있어서 생각보다 덜 더웠다. 그 길을 따라 천천히 걷다가 뛰었다. 구두 대신 운동화를 신은 발이 한결 가벼워 통통 뛰었다. 간간이 목덜미를 스치는 바람은 더없이 시원했다. 천천히 속도를 올렸다. 한 발 한 발 뛸 때마다 어깨에 남은 피로가 조금씩 풀리는 기분이었다. 심장박동은 점점 빨라지고, 팔과 다리는 기계처럼 자동으로 움직였다.

이마에 땀이 맺히는 것같은 느낌이 들더니, 관자놀이 쪽으로 땀이 흐르기 시작했다. 손등으로 쓰윽 문질러 땀을 닦았다. 흐르는 땀이 싫지 않았다. 이 땀이야말로 사무실에서 흐르던 식은땀과는 차원이 다른, 진짜 내가 살아 있음을 느끼게 하는 땀이니까. 달리는 동안엔 누구의 피드백도 없고, 수정 지시도 없고, 슬라이드 한 장에 쏟아지는 시선도 없다. 오직 자기 몸과 호흡 그리고 땅의 탄력만 있었다.

"결국, 마감도 야근도 달리기도 내 걸음으로 끝내는 거지."

나는 속으로 중얼거리며 한 번 더 속도를 올렸다. 눈앞의 공원이 길어지는 듯했고, 햇살 속 먼지 입자들까지 반짝였다. 누가 알아주지 않아도, 누구에게 보여 주지 않아도, 이 순간의 나는 충분히 괜찮았다. 서류 더미 위에서가 아니라, 바람을 가르며 달리는 지금이야말로 진짜 내 시간 같았다.

그러니 오늘도 달린다. 누구의 평가도, 회의록도 없이. 그저 나만의 속도로, 나만의 리듬으로.

17
새로운 꿈을 꾸다

9월이 되자 아침저녁 공기가 조금 달라졌다. 한낮의 열기는 여전히 뜨거웠지만 밤새 창문을 열어 두면 목이 서늘했고, 이불 끝을 어깨 위로 끌어올리는 날이 많아졌다. 그즈음부터 나는 달리는 시간을 바꿨다. 한여름은 어느 시간대고 마음만 있으면 됐지만, 가을은 아니었기 때문이었다. 어둠의 두께가 흐릿하거나 얇지 않은 여름밤과는 달리 자칫 시간을 놓치면 어둠의 두께가 두꺼워져 무서웠다. 그래서 달리는 시간을 평소 일어나는 시간보다 한 시간 빠른 오전 6시로 바꿨다. 그러다 보니 아침에 일어날 때 조금 힘들었지만, 천변으로 나가기 위해 문턱을 넘기가 힘들지, 나가면 무조건 좋았다. 그간 못 봤던 아침 풍경을 오롯이 내 것으로 만들 수 있었다.

달라진 게 또 있었다. '이건 조금 비싼가? 저게 좋을까?' 러닝에 필요한 장비를 구입하는 데 시간을 꽤 들인다는 거다. 언제부턴가 틈만 나면 온라인 매장에서 러닝 제품을 검색하는 건 물론 러닝 유튜버들의 영상을 자주 찾아봤다. 신발부터 바람막이, 기능성 티셔츠, 레깅스나 팬츠 따위를 매일 살펴봤다. 게다가 러닝을 더 잘하기 위한 다른 운동을 알아봤다. 주로 맨몸 근력운동이었다. 그러다 보니 집 구석구석 또 다른 물건이 늘어났다. 아령이라든가 케틀벨, 스쿼트 밴드, 폼롤러 그리고 회복을 위한 마사지 건까지 구비했다. 이쯤 되면 정말 달리기의, 달리기에 의한, 달리기를 위해 사는 사람처럼 돼버렸다.

"와, 이 정도면 너희 집 거의 짐(gym) 수준인데······."

얼마 전이었다. 모처럼 서연과 연지가 집으로 찾아와 집 안을 살펴보고 몹시 놀라워했다. 그간 내가 하나씩 사 모은 물건들이 죄다 운동에 필요한 것인 데다 구석구석에 배치된 탓이었다.

"뭘, 이 정도 가지고. 나 진짜 나중에 돈 많이 벌면 좀 더 넓은 집에서 정말 꼭 공간 하나는 짐으로 만들 거야."
"와, 달리기가 무서운 운동이네. 사람을 완전 바꿔놨는데?"

친구들은 그동안 많이 달라진 내가 새로운 모양이었다. 두 사람은 방 안과 거실 구석구석을 돌아보며 계속 놀라워했다. 나는 너무 좋았다. 달리면서 내 삶이 달라졌으니까. 무채색 같던 삶이 점점 컬러풀해지고 있었으니까. 재미도, 활력도, 희망도 없던 나날이 어느새 잎을 틔우고, 작은 떨림으로 나를 살게 했다. 단조로움 속에 묻혀 있던 하루를 힘찬 맥박으로 시작하게 된 건 당연했다.

"좋은 아침입니다."

아침마다 사무실 문을 열고 들어가는 목소리에 힘이 들어갔다. 그러자 회사 사람들도 나를 대하는 태도가 달라졌다. 특히 하 팀장이 말했다.

"연희 주임, 요즘 굉장히 활력 있어 보이는데 뭐 좋은 일 있어?"
"아니요. 특별한 것 없고. 다시 달리기 시작한 것밖에 없는데요?"
"정말? 뭐야? 요새 사람들 달리기 많이 하던데 연희 주임도 해?"
"네, 사실 회사 들어오기 전에 시작했다가 한동안 못했는데요. 요샌 회사 오기 전에 달리고 와요. 그랬더니 컨디션이 훨씬 좋아지더라고요."

"정말?"

하 팀장이 믿기지 않은 듯한 표정으로 되물었다. 눈빛에 호기심이 잔뜩 배어 있었다.

"팀장님도 한번 해보세요. 제 말을 실감하실걸요."
"정말 나도 해볼까? 근데… 난… 애 때문에 안 돼. 그리고 요샌 엄마 때문에 주말도 안 되고. 아오, 생각하니까 머리 아프네."

늘 어떤 일에나 자신감이 넘치던 하 팀장의 목소리가 기어들어 갔다. 하고 싶긴 한데 주저주저하는 것 같았다. 이제 보니 눈 밑에 그늘이 유난히 짙어 보였다. 그제야 최근 들어 늘 얼굴에 피곤이 매달려 있던 게 생각났다. 아무래도 40대 워킹맘이라 여러모로 할 일이 많을지도 모른다.

불현듯 어떤 나이든 나름의 삶의 무게가 있구나 싶었다. 10대 땐 대학만 가면 모든 게 원하는 대로 되는 줄 알았지만, 아니었다. 대학만 들어가면 날씬해지고, 남자 친구는 저절로 생기며, 시간적 여유가 넘칠 줄 알았다. 하지만 20대를 돌아보면 20대도 10대 못지않게 불안과 위태로움이 줄다리기하던 시기였다. 무엇하나 내 마음대로 되는 것 없이 시간에 쫓기며 살았다. 학교에 다닐 땐 다니는 대로, 졸업하고선 취업 때문에 매일 오지도 않을 미래만 걱정했다. 그러다 보니 한 번도 '지금'이라는 시간, '오늘'이라는 때를 살지 못했다.

"혹시 팀장님, 나중에 궁금하거나 도움이 필요하시면 말씀하세요. 제가 아는 한에서 도와드릴게요."

하 팀장이 대답 없이 고개만 끄덕였다. 입가에 달린 희미한 미소가 보였다. 기분 탓인가? 그런 팀장의 모습이 예전보다 유해 보였다. 인생이나 사람이나 섣불리 판단하면 안 되는 이유가 이래서일까. 한때 또라이라고 부를 만큼 꺼리고 멀리하려던 사람인데 이렇게 보고 있자니 신기했다. 달리지 않았더라면 이게 가능했을까? 의문이 들었다. 아마 그러지 못했을 것 같았다. 여전히 오늘 그만둘까, 내일 그만둘까 생각하며 지냈을 것이다.

"오늘 회의는 11시쯤 A회의실에서 할 거니까 예약해두고 안건 준비하세요."

나는 컴퓨터를 켜 회의 안건을 정리하기 시작했다. 여러 차례 의견이 엇갈린 안건이라 회의가 어떻게 진행될지는 모를 일이었다. 하지만 지금 내게 중요한 건 어떤 일이 생기더라도 이 기분과 태도를 유지하는 것이었다.

"이번 추석 땐 언제 올 거야? 차표 예매는 했니?"

추석이 얼마 남지 않은 즈음에 엄마에게서 전화가 왔다. 작년과 달리 차표 예매는 이미 끝난 상태라 여유 있게 대답했다.

"진즉 다 했습니다아!"
"잘했다. 아빠가 많이 기다리는 거 알지?"
"어련히 알아서 갈라고."
"그렇게 어련히 알아서 온다는 애가 작년엔 안 왔니? 하여튼 자식 키워놔봤자 아무 소용이 없다니까."

그러게, 누가 낳아달라고 했나. 두 분이 좋아 낳아놓고 오만 생색은 다 한다. 그러나 이런 말들을 입 밖으로 내놓지는 않았다. 내놓는 순간 잔소리 포함, 서운한 일을 늘어놓느라 통화만 길어질 뿐이었다. 그리고 작년, 추석에 못 간 이유는 차표가 아니라 다른 데 있었다. 그때 파견직 임기가 거의 끝나갈 무렵이라 정규직 문제로 골치를 앓고 있었기 때문이다. 그런 상태에서 본가에 가면 나올 말들은 이미 정해져 있었기 때문이다.

"겨우 파견직 다니려고 서울에 있겠다는 거야? 그냥 집으로 다시 오라고 몇 번을 말하냐?"

보나 마나 아빠는 이런 식으로 말했을 것이다. 그럼 나란 인간은 고분고분 듣고 있질 못할 것이고, 오랜만에 온 가족이 모였지만 서로 눈치 보느라 몹시 불편했겠지. 그게 싫었다. 나 때문에 어색한 공기 속에서 명절을 보내야 하는 것이.

"엄마, 엄마. 나 팀장이 불러. 끊어요."

엄마는 무언가 더 말하고 싶어 했으나 상사 핑계를 대고 끊었다. 엄마에게 미안했지만 이보다 더 좋은 핑곗거리는 없었다. 나는 복도 끝 창가에서 우리 사무실 방향으로 걸음을 옮겼다. 텅 빈 복도라 내 발소리만 또각거리는데, 어디선가 소곤거리는 소리가 들렸다. 위층으로 올라가는 계단 층계참에서 누군가 등을 돌리고 통화하고 있었다. 나는 무심코 그쪽을 바라보다 걸음을 멈췄다. 익숙한 뒷모습이었다.

"팀장님!"

부르고 난 순간, 아차! 했다. 이런 순간에 알은체하는 바보가 어딨나? 요즘 조금 가까워졌다는 생각에 나도 모르게 실수했다. 그때 막 통화를 끝낸 팀장과 내 눈이 마주쳤다. 팀장의 눈가가 약간 불그스름했다. 울고 있는 걸 들킨 팀장은 민망한 얼굴로 어색한 웃음을 보였다.

"거기에서 뭐 하세요?"
"아, 요양원에서 전화가 와서."

요양원이란 말에 내 눈이 동그래졌다. 한 번도 가정사나 사적인 말을 안 하는 사람이라 조금 놀랐다.

"아, 누가 요양원에 계세요?"

하 팀장은 천천히 계단을 내려와 내 앞으로 왔다. 그러자 모양새가 갑자기 마주 보고 서 있는 꼴이 되면서, 그녀의 얼룩진 눈가가 눈에 들어왔다. 동시에 바삭거릴 정도로 건조한 피부도 보였다.

"휴우! 연희 주임 부모님 연세는 어떻게 돼?"
"연세요? 두 분 다 오십 대 후반이세요."
"아직 젊으시구나. 좋겠다."

갑자기 부모님 나이를 묻는 것도 당황스러웠지만, 밑도 끝도 없는 말엔 뭐라고 대답해야 할지 몰라 가만히 있었다.

"난 우리 엄마가 마흔 넘어서 낳은 늦둥이야. 지금 요양원에 계시거든. 아직 심한 건 아니지만 치매 기운도 있어서 얼마 전에 그쪽으로 모셨어. 그런데 가끔 정신이 들 때면 내게 전화해서 왜 안 오냐고 우셔. 그럴 때마다 내가 어떻게 해야 할지 모르겠어."

"아…"

"연희 주임은 아직 그런 걱정할 나이가 아니라 부럽네. 나도 30대까지만 해도 이런 일로 이렇게 힘들 줄 몰랐는데. 참, 사는 게 말이야 왜 이렇게 힘든 줄 모르겠어. 나이를 먹으면 조금 더 편해질 줄 알았는데 어떻게 된 게 갈수록 힘들어."

한 번도 들어보지 못한 팀장의 사적인 토로를 듣고 있자니 마음이 이상해졌다. 저런 위치에 있으면 세상 걱정할 게 뭐가 있을까, 생각했던 때가 있었는데. 그게 아니었다. 늘 나만 힘들다고 생각했던 게 왠지 애같이 느껴졌다.

"저기 말이야, 왜 그때 달리기한다고 하잖았어?"
"네. 지금도 매일 해요."

"그렇구나. 나도 말이야, 한번 해볼까 싶은데 어떻게 시작하면 돼?"

"러닝화만 있으면 어디든 달리면 되죠. 같이 한번 달려보실래요?"

반가운 마음이 들어 활짝 웃으며 내가 물었다.

"그럼 나야 좋지만, 그보다 러닝화가 없는데 사야겠지?"
"그럼요. 달리기는 다른 건 몰라도 신발이 편해야 하거든요. 그러지 말고, 오늘 퇴근하면서 매장 한번 가실래요?"
"오늘?"

내가 재빨리 고개를 끄덕였다. 팀장은 잠시 나를 빤히 보더니 결심한 듯 입을 열었다.

"그래, 좋아. 주문 눌렀으면 리뷰까지 써줘야 완결이지."

팀장과 나는 퇴근하자마자 홍대 스포츠 매장으로 갔다. 금요일이라 도로의 차는 말할 것도 없고 거리는 수많은 인파로 붐볐다. 걸음을 옮길 때마다 어깨를 치고 다녀야 할 정도라 매장 한 번 옮겨 다니는 것도 일이었다. 그래서 내가 좋아하는 브랜드

매장으로 먼저 갔다.

"처음 러닝을 시작할 땐 비싼 것 말고 비교적 저렴한 거로 시작하시는 게 좋아요. 요즘엔 예전에 비해 러닝 인구가 많이 늘어서 러닝화도 다양하고 좋은 것이 많더라고요. 1층 먼저 살펴보고 2층으로 올라갈까요?"
"좋아, 근데 옷은 안 사도 돼?"

하 팀장은 1층 매장을 주욱 둘러보며 물었다. 1층엔 주로 바람막이와 조거팬츠, 기능성 티셔츠, 레깅스 같은 제품이 쭉 진열돼 있었다.

"글쎄요, 사시고 싶으면 사세요. 제가 운동하면서 느낀 건데 이 '장빗발'이 그냥 하는 말이 아니더라고요. 맘에 드는 운동복을 입고, 신발을 사면 그거 입어보고 싶어서라도 운동하더라고요."
"그럼, 일단 러닝화 한번 보고 와서 생각해볼까?"
"그러실래요? 그럼 2층으로 먼저 갈까요?"

우린 곧바로 2층으로 올라가는 계단으로 갔다. 2층엔 1층보다 사람이 더 많아 보였다. 신발을 구경하는 사람과 원하는 사이즈를 부탁해 신어보는 사람, 한쪽에선 러닝머신에서 뛰고 있는 사람도 있었다. 나는 그 사이에서 러닝화 코너로 하 팀장을 이끌었다.

"와, 러닝화도 이쁜 것 많네?"

팀장은 신세계에 온 듯 연신 감탄하며 러닝화를 하나씩 살폈다. 마치 어린아이가 장난감 가게에 온 것처럼 눈이 커졌다. 처음 보는 모습에 피식 웃음이 새어 나왔다. 지금껏 냉정하고 까칠하게만 봤던 사람이라 새삼스러웠다. 이럴 때마다 사람은 좀 오래 지켜봐야 한다는 생각이 들었다.

"팀장님! 러닝 초보들은요, 주로 안정화나 쿠션화를 고르는 게 좋아요. 안정화 같은 경우엔 자세가 무너지지 않게 잡아줘요. 그래서 불안한 무릎이나 발목에 좋아요. 그리고 쿠션화는 달릴 때 충격을 흡수해줘서 무릎이나 발바닥 허리 보호에 좋아요. 주로 초보나 장거리 러너 중 체중 부담 있는 사람들이 신어요."

"어머, 울 연희 주임 그렇게 말하니까 전문가 같다."

"헤헤, 뭘요. 참, 여기 카본화는요. 밑창에 카본 플레이트가 들어 있어서 반발력이 완전 좋아요. 달릴 때 발이 튕기듯 앞으로 밀어주니까 속도가 붙고 효율이 올라가 주로 기록을 노리는 러너들이 신는 대회용이에요. 이건 훈련이 안 된 사람이 신으면 발목이 날아갈 수 있어서 초보들한텐 절대 추천하지 않아요."

팀장은 내 말이 신기하다는 듯 쭈그려 앉아 러닝화를 살폈다. 그러다가 자리에서 벌떡 일어났다.

"아얏!"

그때 그 뒤로 지나가던 어떤 여자가 팀장과 부딪혔다.

"앗, 죄송합…. 어머, 너 태미 아니야?"
"어머, 세린아! 너 여기 웬일이야?"

팀장과 부딪힌 여자는 서로 보고 놀라는 눈치였다.

"이게 몇 년 만이야? 지금 어디에 살고 있어?"
"나, 플로리스트 자격증 따서 얼마 전부터 합정에서 꽃집 하고 있어."
"어머, 정말? 안 보는 사이에 뭔가 변화가 많네. 그보다 왜 이렇게 날씬해지고 이뻐진 거야? 너 혹시 뭐했어?"

하 팀장은 믿기지 않는다는 듯 휘둥그레 눈을 뜬 채 친구를 훑어봤다. 친구는 부끄럽다는 듯 손으로 입을 가리고 웃었지만, 내가 봐도 예뻐 보였다. 우선 팀장과 같은 나이라고 보기 힘들게 군살 하나 없이 매끈한 몸매와 갈색으로 염색한 긴 생머리 그리고 무엇보다 옷차림이 만화풍이었다. 아, 그래! '빨간 머리 앤'처럼 빈티지한 데다 꽤나 여성스러운 롱원피스 차림이었다.

"하긴 뭘 해. 그냥 살이 좀 많이 빠졌어."
"야, 우리 나이에 살 빼는 거 힘든데 어떻게 뺀 거야?"

팀장의 눈빛이 그 어느 때보다 반짝거렸다. 나도 솔깃했다. 서른 살이 넘은 이후엔 조금만 방치해도 살이 금방 올라 골치였다. 요샌 달리기로 조절 중이지만, 현대인에게 다이어트는 영원한 관심사였다.

"내가 생각했을 때 최고의 다이어트는 '마상(마음의 상처)'이라고 할까? 물론 마상의 부작용은 피부가 안 좋아진다는 거지만. 하하하."
"너 피부 좋은데? 이 정도면 피부과 시술을 주기적으로 받는 피부 같아."
"뭐라니? 근데 이분은 누구?"

두 사람의 대화가 핑퐁처럼 왔다 갔다 하더니 느닷없이 내 쪽을 바라봤다. 멀뚱히 보고 있던 난 깜짝 놀라 넙죽 인사했다.

"아, 저는 팀장님과 함께 근무하는 직원이에요."
"반가워요. 근데 직원들 사이가 좋은가 봐요? 이런 매장에도 같이 오는 걸 보면."
"팀장님이 달리기하고 싶다고 하셔서 신발 골라드리러 왔어요. 제가 러닝을 하거든요."

나는 태미를 향해 웃으며 대답했다. 그때 팀장이 우리 둘 사이로 끼어들었다.

"그나저나 넌 여기 왜 온 거야?"
"러닝화 사러 왔어. 나 12월에 하와이 마라톤 나가거든. 나가기 전에 러닝용품 미리 좀 사려고."

태미의 말이 끝나자, 팀장이 아까보다 더 크게 눈을 뜨며 고개를 갸웃거렸다. 믿기지 않는 듯한 눈빛이 강했다. 하지만 난 태미의 말이 더 듣고 싶었다. 아직 한 번도 가본 적 없는 하와이에서 달린다는 것은 어떨까? 한강에서 달리기만 해도 세상 다 가진 느낌인데, 아마 하와이라면 세상을 다 품은 듯한 느낌이 들지 않을까?

"나 달리기 시작한 지 3년 됐어. 국내 마라톤 몇 번 나갔는데, 우연히 해외 마라톤을 알게 돼서 이번에 나가려고 준비 중이야."

"멋있다. 남편이랑 같이 가는 거야?"

태미의 낯이 살짝 바뀌었다. 어딘지 모르게 불편한 기색이 엿보였다.

"아니. 혼자. 그렇게 됐어. 근데 넌 여기 왜 온 거야? 아이코, 미쳤다. 아까 물어본 걸 또 물어보네. 러닝화 사러 왔다고 했지?"

"응. 나도 러닝하면서 인생 좀 달리 살아볼까 하고. 참, 너 연락처 그대로지? 마라톤 나갈 실력이라니 언제 한번 만나서 러닝 수업 좀 듣자."

눈치 빠른 팀장이 너스레를 떨었다. 그 틈에 난 한쪽으로 비켜서서 핸드폰을 꺼냈다. 두 사람이 대화하는 동안 하와이 마라톤을 검색했다. 하와이 마라톤은 세계 7대 마라톤으로 꼽히고, 아름다운 풍광의 하와이를 달리는 데 많은 사람이 선호하는 마라톤이라는 글과 함께 마라톤 현장 사진이 줄줄이 올라왔다.
'어머, 이런 세상도 있구나.'

몰랐다. 아직 국내 마라톤에도 나간 적 없었다. 지난번에 지훈에게서 함께 마라톤 나가자는 말을 듣고도 여태 어떻게 할지 결정도 못한 상태였다. 그러니 이런 대회가 있다는 건 처음 알았다. 호기심이 생겼다. 모르는 세계를 경험하는 그들의 모습에 부러움이 일렁였다. 난 사진 속 결승선 앞에서 활짝 웃으며 손을 흔드는 마라토너의 얼굴을 바라봤다. 이들의 삶은 어떨까? 팀장을 봐도 그렇고, 서연과 연지 그리고 나를 봐도 삶이 크게 다르지는 않아 보였다. 하지만 사진 속 마라토너의 모습은 달라 보였다. 좋아하는 일을 따라 한 걸음씩 걸어온 시간이 쌓이고 겹쳐, 마침내 단단한 자기만의 세계를 만들어낸 사람처럼 보였다.
'부럽다.'

그 여운이 채 가시기 전, 손에 쥐고 있던 핸드폰이 조용히 진동했다. 화면 위로 익숙한 이름 하나가 올라왔다. 지훈이었다.

지훈 연희 씨, 잘 지내죠?
연희 네. 오랜만이에요. 지훈 씨도 잘 지내죠?

애써 담담함을 가장해 물었지만, 손끝으로 전해지는 떨림을 감출 수 없었다. 홍제폭포에서 만난 이후로 한동안 연락도 우연한 마주침도 없었지만, 이상하게도 달릴 때마다 그를 떠올리곤 했었다. 그래서일까. 말도 안 되지만 심장이 다르게 뛰었다. 설렘인지 아닌지는 모르겠지만, 그 마음이 분명히 들었다.

지훈 네. 전 그간 해외 출장이다 뭐다 좀 많이 바빴어요.

아, 그래서 우연히 마주칠 일도 없었구나.

지훈 저기… 왜 그때 제가 마라톤 대회에 같이 나가보자고 했잖아요?
연희 으아! 그거 진심이었어요?
지훈 헐! 당연히 진심이었죠. 그리고 오늘 연희 씨가 첫 출전으로 나가면 좋을 대회 하나가 공지 떴어요. 어떻게, 같이 신청해보실래요?
연희 네? 아직 잘 모르겠는데…….

지훈의 마라톤 이야기에 갑자기 얼떨떨해졌다. 오늘 무슨 날인 건가? 런닝화 사러 왔다가 '마라톤' 이야기를 연달아 듣다니.

지훈 지금부터 생각해보세요. 이번에 나가보면 아시겠지만, 마라톤은 또 다른 세계거든요.

지훈이 말한 또 다른 세계란 말은 아직 경험해보진 않았지만, 어쩐지 조금은 알 것 같았다. 아까 하와이 마라톤 대회에 나갔던 사람들의 표정 속에서 나도 어렴풋이 느꼈기 때문이다.

연희 한 번도 안 나가봐서 어떻게 할 줄도 몰라요.
지훈 제가 도와드린다고 했잖아요? 연희 씨가 무사히 완주
할 수 있도록 제가 확실히 도울게요.

이상했다. 지훈의 '도와드릴게요'라는 말이 조용히, 그러나 또렷하게 가슴 깊은 곳을 건드렸다. 막연한 설렘이었던 감정이, 실체가 돼 눈앞에 있는 것처럼 느껴졌다. 마음속 어딘가에 오래된 무언가가 살며시 깨어나는 기분이었다. 뭐라고 답을 해야 하는데, 어떻게 대답해야 할지 망설여졌다. 한다고 해야 할까? 그런데 한 번도 나가본 적 없는 내가 중간에 멈춰버리면 어떡하지?

지훈 지금 당장 결정 못하겠으면 하루만 더 생각해보세요.
물론 가급적이면 긍정적인 답변이면 좋겠고요.

나의 주저하는 기색을 읽었는지, 지훈이 다시 말을 건넸다. 그 말이 불쑥 마음을 건드렸다. 줄곧 혼자서만 뛰어와서 누군가와 발을 맞춰 달리는 게 어색하고 막연하지만, 일단 부딪쳐보면 그 안에 뭔가 남지 않을까. 그런 생각이 조용히, 그러나 분명하게 마음을 흔들었다.

연희 좋아요. 하죠, 뭐. 대회 나가려면 어떻게 해야 해요?

지훈은 1초도 걸리지 않아 환호성 지르는 이모티콘을 보내왔다. 거기에 지훈의 모습이 겹쳐 보여 내 입가에 잔잔한 미소가 띄워졌다. 인생이란 알 수 없는 것 같다. 아무리 준비해도 계획대로 되지 않고, 아무 생각 없이 던진 말 한마디가 전부를 바꿔놓기도 한다. 순간순간 망설임조차, 언젠가 중요한 출발점이 될지도 모른다.

나는 여전히 수다에 빠져 있는 팀장과 태미를 바라보았다. 그들 곁에서 시간은 아무 일도 없는 듯 흘러가고 있었지만, 나에겐 분명 무언가가 일어나고 있었다. 작지만 분명한, 방향의 틀어짐. 그 틈새로 처음 보는 바람이 스며들었다.

'그래, 한번 해보는 거야.' 그 끝에 뭐가 기다릴진 몰라도, 뛰어보지 않으면 아무것도 남지 않을 테니까. 나도 한 번쯤은 한 번도 밟아보지 못한 길 위에 발을 디뎌보고 싶었다. 국내든, 해외

든, 어디든. 그러다 보면 나만의 세계도 어쩌면 조금씩 모습을 드러낼지 모른다. 그렇게 나도 나만의 리듬으로 나아가보는 거다.

18

페이스메이커

자다 말고 벌떡벌떡 일어나기를 수차례. 결국 알람보다 한 시간이나 빠른 4시에 몸을 일으켰다. 어차피 더 누워 있는다 한들 잠이 들 것 같지도 않았다. 겨우 몇 시간 자는데도 내내 가수면 상태로 잤기 때문이다. 그나저나 이게 뭐라고 이렇게까지 긴장하나. 아무리 한번도 해본 적 없는 일이라고 해도 이 정도는 너무 예민한 건 아닌가 싶었다.

내 인생 첫 마라톤 대회를 나가게 됐다. 처음 달리기를 시작하면서 내가 마라톤 대회까지 나갈 거라곤 언감생심 꿈도 꾸지 않았다. 그냥, 달리는 게 좋아서 계속 달렸고, 그렇게 달리다 보니 마라톤 대회에까지 나가게 됐다.

지훈과는 홍제폭포에서 만난 이후, 한 번씩 같이 달렸다. 그때마다 지훈은 침이 마르도록 마라톤 대회에 대해 이야기했다. 그러더니 어떤 날은 은근슬쩍 훈련처럼 달리기를 했다.

"이렇게 장거리를 한 번씩 뛰어놓으면 대회 때 충분히 뛸 수 있어요."

솔직히 그때마다 어이가 없었다. 하지만 혼자라면 절대 할 수 없는 일이라 그냥 웃고 말았다. 그런데 결국은 마라톤 대회를 나가자며 종용했다.

"연희 씨, 처음이지만 그냥 하프로 갈까요?"
"하프요? 그걸 어떻게 해요?"
"네. 이번에 제가 페메 해드리니까 믿고 하프 도전해보죠!"

단박에 대답이 나오지 않았다. 간간이 지훈과 10킬로미터를 뛰어 봤지만, 아직 단련 안 된 나에겐 버거운 거리였다.

"10킬로미터도 힘든데 하프를 어떻게 뛰어요? 전 못해요."
"나만 믿어요. 내가 옆에서 잘 이끌어줄 테니까."

지훈은 거의 확신에 찬 목소리로 내게 말했다. 그런데 나도 참 웃겼다. 그렇게 불안하고 두려우면 안 하면 되는데 결국은 승

낙해버렸다. 그간 지훈이 보여줬던 행동과 확신에 찬 말이 그렇게 만들었다. 물론 하프를 위해 15킬로미터를 한 번 달려본 후에야 결심하긴 했다.

하지만 막상 당일이 되니 후회가 됐다.

"내가 미쳤지, 미쳤어. 도대체 뭘 알고 하겠다고 한 거야?"

나갈 준비를 하면서도 계속 투덜대곤 했다. 간밤에 챙겨 놓은 레깅스와 주최 측에서 보낸 티셔츠에 바람막이 점퍼를 챙겨 입고, 미리 받아놓은 배번(등번호)도 꺼냈다. 그리고 지훈이 혹시 모르니 챙기라는 1회용 우비와 에너지 젤을 가방에 넣었다. 나갈 채비가 다 끝나자, 바나나도 하나 억지로 먹었다. 이른 시간엔 잘 안 먹는데 억지로 먹으려니 목구멍에 걸렸지만, 지훈이 배고프면 뛰기 힘들다는 겁을 줘서 하는 수 없이 먹었다.

모든 채비를 하고 밖으로 나갔다. 6시가 조금 넘어 나간 세상은 아직 깊은 잠에 빠져 있는 듯 고요했다. 도로엔 아직 꺼지지 않은 가로등 불빛이 길쭉한 그림자를 드리웠고, 간밤에 비가 흩뿌렸는지 도로는 젖어 있었다. 그 덕에 기온은 어제보다 낮았다. 날씨를 보니 문득 이런 날에 사람들이 얼마나 있을까? 의구심이 들었다. 하지만 대회장에 나가서야 쓸데없는 걱정이었다는 걸 알았다.

지훈이 대회 당일은 주차하기가 힘들다며 대중교통을 이용하자는 말에, 난 집 앞에서 버스를 타고 홍대입구역으로 갔다. 그곳에서 다시 환승해서 광화문역까지 가는데, 놀라웠다. 지하철 안에 나와 비슷한 옷차림에 가방을 멘 사람이 생각보다 꽤 많았다. 게다가 지하철에서 내려 출구를 찾는데, 그곳엔 더 많은 사람이 분주히 움직이고 있었다.

지훈 연희 씨, 혹시 출발했나요?

처음 보는 광경에 놀라 구경꾼처럼 두리번거리고 있는데 지훈에게 톡이 왔다.

연희 이미 도착했어요. 지훈 씨는 어디세요?
지훈 저도 도착했어요. 그럼, 우리 3번 출구에서 만나요. 사람이 많아서 찾기 힘들 수 있어요. 저 출입구 앞에 있을게요.

설마, 아무리 사람이 많아도 찾기 힘들까? 나는 지훈이 너무 오버한다고 생각하며 출구 쪽으로 갔다. 그런데 내 생각은 이번에도 보기 좋게 깨졌다. 지훈의 말대로 입구까지 가는 동안 사람들이 파도처럼 우르르 몰려다니는 바람에 간신히 나갈 수 있었다.

"연희 씨! 여기요."

용케 빠져나가자마자 입구에 서 있던 지훈이 알은체했다. 그리고 그때 나는 봤다. 나를 반갑게 맞이하는 지훈의 뒤편으로 셀 수 없이 많은 사람과 광장을 가득 채운 음악 소리, 그리고 줄지어 선 간이식 화장실. 그야말로 내가 한 번도 접해본 적 없는 신세계였다.

"와!"

내가 너무 놀라 넋을 빼고 보고 있자, 지훈이 웃으며 다가왔다.

"완전 다른 세상이죠? 저도 처음 나왔을 땐 놀랐잖아요. 일요일 새벽에 이렇게 많은 사람이 달리겠다고 나온 걸 보고요."
"와, 대박이에요."
"근데 오늘 달려보시면 알 거예요. 왜 이렇게들 나오는지."

지훈이 이렇게 말했지만, 솔직히 나는 영원히 그 마음을 모를 것 같았다. 아직 달리기 전이고, 달리면서 얼마나 힘들지 모르니까. 하지만 대형 스피커에서 터져 나오는 고막을 때리듯 큰 음악은 발바닥을 타고 온몸으로 퍼지고 있었다. 마치 축제의 중심에 들어선 듯 흥이 났고 절로 리듬을 타게 되었다. 꼭 클럽에 들어선 듯 마음이 들떴다.

"자, 우리 소지품 맡기러 가요."

지훈의 말에 우린 배번에 맞춰 소지품을 맡기고, 화장실을 다녀왔다. 사람이 많으니 차례를 기다리는 일이 만만치 않았지만, 출발 전 필수사항이었다. 화장실에 다녀온 후엔 주변을 슬슬 달렸다. 어차피 스트레칭 할 시간이 따로 정해져 있었지만, 이렇게 미리 달려둬야 몸이 풀린다고 했다. 그래야 본 게임 때 더 잘 달리기도 하고.

"마라톤에서 가장 중요한 건 자기 페이스를 지키는 거예요. 아무리 누가 나를 제치고 달려도 속도를 내면 안 돼요. 페이스를 지켜야 완주할 수 있어요. 그것만 명심하면 돼요. 알겠죠?"

출발선에 섰을 때 지훈이 나를 보고 단단히 일렀다. 그의 눈엔 차분한 긴장감과 나를 향한 응원의 빛이 겹쳐 보였다. 내가 세차게 고개를 끄덕였다. 이제 곧 출발한다는 마음에 심장이 쫄깃했다. 조금 뒤 출발 신호가 떨어졌다. 먼저 10킬로미터가 그룹별로 출발했고, 얼마 지나지 않아 하프도 그룹별로 출발했다. 앞에 있는 그룹까지 출발하고 우리 차례가 얼마 남지 않았을 때였다. 지훈이 한쪽 주먹을 쥐고 이렇게 말했다.

"이제 출발해볼까요? 파이팅!"
"파이팅!"

난생처음 경험하는 마라톤대회장에서 외치는 '파이팅'은 색달랐다. 온 가슴으로 힘이 쫙 퍼져 나가는 듯했다. 그렇게 우린 서로 걸음에 맞춰 달렸다. 아니, 서로의 걸음이 아니었다. 거의 지훈이 내 걸음에 맞춰 달려줬으니까. 아무튼 초반엔 사람들이 우르르 밀려 나가면서 속도가 조금 빨라졌다. 하지만 어느 정도 달리게 되자 평소의 페이스로 돌아갔다.

5킬로미터를 지나 10킬로미터 그리고 15킬로미터 정도 되었을 때였다. 출발하기 전, 지훈이 자기 페이스를 지키는 게 가장 중요하다고 말했는데도, 순간순간 마음이 흔들렸었다. 그런데 계속 달리자 그런 마음은 온데간데없이 사라졌다. 오히려, 너무 힘이 드니까 나를 제치고 가는 사람들이 빨리 사라져버렸으면 좋겠단 생각이 들었다.

"연희 씨, 괜찮아요?"
"헉헉. 네, 아직까진요."

조금 힘들긴 했지만 못 참을 정도는 아니라 괜찮다고 대답했다.

"힘들다 싶으면 이야기하세요. 속도 낮출 테니까요."
"네."

지훈은 계속해서 내 표정과 달리는 모습을 체크했다. 그러면서도 중간중간 에너지 젤을 먹으라 했고, 급수대에 멈춰 물을 마시게 했다.

"다 마시지는 말고 조금씩만 드세요. 그래야 탈수 안 됩니다."

이 모든 게 처음인 나는, 지훈이 시키는 대로만 했다. 그래서인지 분명 힘들었지만 참을 만했다.

"갈까요?"

목을 축이고 나자 지훈이 다시 주로로 나갔다. 나는 그 옆으로 바짝 따라붙어 달렸다. 거리가 늘어날수록 쑥쑥 아리던 발은 이제 내 발이 아닌 것 같았다.

"제가요, 코로나 때 대회에 나간 적이 있어요. 그때 어떤 경험을 했냐면요?"

지훈이 느닷없이 예전 일을 꺼냈다. 그러자 내내 아픈 발에 가 있던 신경이 어느새 지훈의 말로 옮겨 갔다.

"내 앞에 달리던 사람들이 눈에 거슬려서 짜증이 났었거든요. 근데 어느 순간 앞에 달리던 사람이 하나도 안 보이는 거예요. 처음 가보는 길인데 앞에 아무도 없으니까 순간 엄청 당황스럽더라고요. 게다가 반환점을 돌아가다 보니 갈림길이 나오는 거예요."
"그래서 어떻게 됐어요?"
"헷갈렸죠. 앞에 누구라도 있음 그 사람들 보고 뛰면 되는데 아무도 없으니 아주 난감하더라고요. 그래서 일단 가봄직한 길로 갔어요. 헌데 가다 보니 그 길이 아닌 것 같은 거예요. 그래서 그 길을 얼른 빠져나왔어요. 그런 후 다른 길로 가는데 한참 가다 보니 그제야 앞에 다른 주자가 보이는 거예요."

"와, 다행이다."

"그쵸? 얼마나 다행인지…. 그때 문득 그런 생각이 들더라고요. 처음 가보는 길을 먼저 걷는다는 건, 어쩌면 그런 걸지도 모르겠다고요. 뒤따라올 후배들에게 길을 보여주는 것. 어쩌면 그런 게 선배 역할이 아닐까요?"

"듣고 보니 그러네요."

나는 지훈의 말에 나도 모르게 고개를 끄덕였다. 그 순간, 이상하게도 지훈이 아주 멀리 있는 사람처럼 느껴졌다. 손이 닿지 않을 만큼 멀어서가 아니라, 한참 앞서 걸어가고 있는 사람으로. 그리고 곧, 발끝에서부터 또다시 묵직한 통증이 밀려왔다. 마치 발가락 하나하나가 도려 나가듯 것처럼 아팠다.

"처음엔 그냥 연희 씨한테 선배만 돼주려고 했거든요."

지훈의 목소리가 바람결에 실려 조용히 이어졌다. 나는 고개를 살짝 돌려 그를 바라봤다. 지훈은 잠시 침묵했고, 그사이 찬 바람이 한차례 더 불었다. 느닷없이 내 가슴속 어딘가가 박동치듯 울렸다.

"근데요, 달리다 보니 그런 순간이 오더라고요."

지훈이 고개를 돌려 나를 바라보았다.

"누군가의 앞에서 이끌어주고 싶었던 마음이, 어느 순간부터는… 옆에서 같이 달리고 싶다는 마음으로 바뀌더라고요."

그의 눈빛이 그 어느 때보다 맑고 단단했다.

"앞에서 이끌고 가는 사람이 아니라, 옆에서 호흡 맞추는 사람으로 남고 싶어요. 연희 씨가 힘들 땐 페이스를 맞춰서 천천히 가고, 괜찮을 땐 옆에서 같이 속도를 내는… 그런 사람이요."

한순간 주변의 모든 소음이 멀어졌다. 내 옆에서 달리고 싶다는 말이 귀를 뚫고 들어와 가슴 한가운데로 쏙 박혔다. 혹시 계속해서 마라톤 나가자고 말한 이유도 이 말을 하기 위해 그런 걸까? 가슴이 벅차올랐다. 그간의 외로움, 혼자 달려야 했던 수많은 길이 문득 의미 있게 느껴졌다. 무엇보다 모든 피로와 통증, 망설임이 눈 녹듯 사라지는 기분이었다.

나는 말없이 고개를 끄덕였다. 입꼬리가 저절로 올라가면서, 눈가까지 간질간질해졌다. 이 대회가 끝나고, 언젠가 또 지쳐서 멈춰 설 순간이 온다 해도 그가 내 옆에 있다는 것만으로도 충분할 것 같았다.

저 멀리 결승선이 어렴풋이 보이기 시작했다. 이제 곧 이 길고 힘들었던 마라톤은 끝날 것이다. 하지만 별안간 이 순간이 어쩌면 진짜 출발선이 아닐까, 하는 생각이 들었다. 문득 지훈에게 내 마음을 보여주고 싶었다. 그 생각만으로도 심장이 두근두근했다. 나는 떨리는 마음을 애서 감추지 않고, 조용히 지훈 쪽으로 손을 내밀었다. 그러자 지훈이 빙그레 웃으며 내 손을 잡아주었다.

"자, 우리 결승선으로 들어가볼까요?"

추천의 말

장강명 작가

역시 진심으로 사랑하는 대상을 소재로 쓴 글에는 힘이 있다. 작가의 애정이 스며든 단어와 문장들이 상쾌한 에너지를 뿜어낸다. 《연희동 러너》가 바로 그런 소설이다. 이 소설을 읽는 사람은 누구나 그 건강한 기운을 받는 마음이 들 것이다. 조금 더 밝고 단단해진 기분이 되어, '나도 달려볼까?' 생각하게 될 것이다. 마음에 좋고 몸에도 좋을 소설이다.

《연희동 러너》에는 임지형 작가가 사랑하는 대상이 세 가지 있다. 첫째 달리기, 둘째 연희동 일대, 셋째 씩씩한 사람. 임지형 작가 본인이 그런 씩씩한 사람이며, 비가 오건 눈이 오건 매일 새벽 운동화를 신고 밖으로 나가 한강과 홍제천을 달리는 러너이자 마라토너다. 그 역시 이 작품 주인공 도연희처럼 자신을 찾아온 1인분의 어둠을 달리기로 극복한 러닝교 신자이고 전도 사다.

　도연희는 달리기를 통해 일상을 회복하고, 관계를 개선하며, 지역 공동체와 일터를 성숙한 눈으로 바라보게 된다. 그는 '가만히 걷기만 했더라면 절대 몰랐을 감각'과 '달리면서 나를 만나는 일은 어딘가 다르다'는 사실을 깨친다. 자신을 긍정하고, '막연하더라도 희망이란 걸 품고 싶어졌다'고 생각한다. 그 과정이 자연스럽게, 또 울림 있게 다가오는 것은 임지형 작가의 개인적인 경험 때문이기도 하겠지만, 임 작가가 솜씨 좋은 이야기꾼이기 때문이기도 하다.

　나는 동화와 청소년 소설에서 임 작가의 씩씩한 주인공들이 '지금, 여기'의 문제들을 온몸으로 소화해내며 한 뼘씩 성장하는 모습이 늘 정겹고 사랑스러웠다. 그때마다 '밝은데 현실적이야' 하는 묘한 감상이 어떻게 성립할 수 있는 걸까 혼자 의아해하기도 했다. 그것은 의지와 태도의 문제라고 혼자 결론내리기도 했다. 배경이 교실에서 회사와 거리로 넓어졌지만 작가 특유의 씩씩함과 정겨움, 사랑스러움은 그대로다. 소설 속 홍제천은 어느 구간에서는 활기차고 생동감 있게, 어느 구간에서는 사람들의 귀를 간질이며 잔잔하게 흘렀고, 어느 구간에서는 천변 길에 있는 사람들의 마음에 조용히 스며들었다. 내게는《연희동 러너》가 그런 소설이었다.

작가의 말

홍제천 변은 내게 여름의 숨구멍이다. 머리 위로 쏟아지는 햇빛이 도로를 달궈도, 천변을 가로지르는 다리들이 드리운 그늘에 들어서는 순간 공기가 달라진다. 바람은 한결 시원하고, 숨은 조금 더 깊어진다. 발밑에서는 물살이 잔잔히 흐르며 박자를 새기고, 그 위에 여름 특유의 냄새가 포개진다.

그 길 위에서는 햇빛과 그늘이 끊임없이 이어지고, 경계마다 공기의 온도가 달라진다. 달리다 보면 깨닫는다. 똑같은 하루 속에서도 '음'과 '양'이 함께 숨 쉬고 있다는 것을. 힘든 시간에도 기쁨이 있고, 즐거운 순간에도 작은 그늘이 스며 있다는 것을. 《연희동 러너》는 그 깨달음에서 시작됐다.

'달리기를 통해 삶이 변하는 이야기'를 쓰고 싶었다. 페이지를 채울수록 주인공 연희의 발걸음이 내 발걸음과 겹쳤다. 나 역시 힘겨운 시간을 지나며, 무엇이 나를 앞으로 나아가게 했는지 돌아보게 되었기 때문이다. 그건 거창한 성공이나 누군가의 인정이 아니라, 하루하루 이어진 작은 발걸음이었다. 달리기에서 배운 건 '속도'가 아니라 '지속'이었다. 그 경험은 내게 한 가지를 확신하게 했다. 계속 달리는 마음이야말로, 삶을 완주하게 하는 가장 단순하고 강력한 힘이라는 것을.

연희와 지훈이 함께 달리는 장면을 쓸 때는 유난히 마음이 설렜다. 달리기가 운동을 넘어, 서로 호흡을 맞추고 마음을 나누는 순간으로 확장되었기 때문이다. 나란히 달리며 맞추는 보폭에는 말로 다 전할 수 없는 위로가 있다. 때로는 혼자 달려야 할 길이 있지만, 누군가와 나란히 달릴 때 비로소 발견되는 힘이 있다. 그 힘이 연희를 그리고 나를 지탱해 왔다.

이 책을 읽는 독자 여러분도 '나만의 트랙'을 발견하길 바란다. 그 길이 홍제천 변이든, 한강 변이든, 마음속 깊은 곳에 숨겨진 길이든 상관없다. 중요한 건 완벽한 출발선에 서는 것이 아니라, 있는 자리에서 한 발을 내딛는 것이다. 속도가 느려도 괜찮다. 방향이 자주 바뀌어도 좋다. 중요한 건 끝까지 멈추지 않는 마음이다.

홍제천 변을 달릴 때 나는 자주 생각한다. '내일도 이 길 위에서 나를 만날 수 있기를.' 그 마음이 오늘을 살게 하고, 글을 쓰게 하고, 다시 달리게 한다.

마지막으로, 달리기에서 배운 끈기와 위로가 글쓰기를 이어가게 했다. 그 배움을 함께 나눈 세상의 모든 러너에게 고맙다. 때로는 옆에서, 때로는 멀리서 나를 응원해준 독자들 그리고 이 원고가 결승선에 닿을 때까지 기다려준 고나희 편집자에게도 마음 깊이 감사드린다.

《연희동 러너》가 이 책을 읽을 모두의 하루에 작은 '출발의 힘'을 보태길 바란다. 오늘, 잠깐이라도 달려보자. 숨이 차오를수록, 살아 있다는 실감도 커질 것이다.

2025년 여름, 홍제천 변에서
임지형

연희동 러너

초판 1쇄 인쇄 2025년 8월 25일
초판 1쇄 발행 2025년 9월 3일

지은이 임지형
펴낸이 고영성

책임편집 고나희 **디자인** 이화연 **저작권** 주민숙

펴낸곳 주식회사 상상스퀘어
출판등록 2021년 4월 29일 제2021-000079호
주소 경기 성남시 분당구 성남대로 43번길 10, 하나EZ타워 307
팩스 02-6499-3031
이메일 publication@sangsangsquare.com
홈페이지 www.sangsangsquare-books.com

ISBN 979-11-94368-42-7(03810)

- 상상스퀘어는 출간 도서를 한국작은도서관협회에 기부하고 있습니다.
- 이 책은 저작권법에 따라 보호를 받는 저작물이므로 무단 전제와 복제와 금지하며, 이 책 내용의 전부 또는 일부를 사용하려면 반드시 저작권자와 상상스퀘어의 서면 동의를 받아야 합니다.
- 파손된 책은 구입하신 서점에서 교환해드리며 책값은 뒤표지에 있습니다.